暖心美读书
名师导读
彩插版

# 我的童年

季羡林 著

王白云——导读

季羡林 著

王白云——导读

长江出版传媒 长江文艺出版社

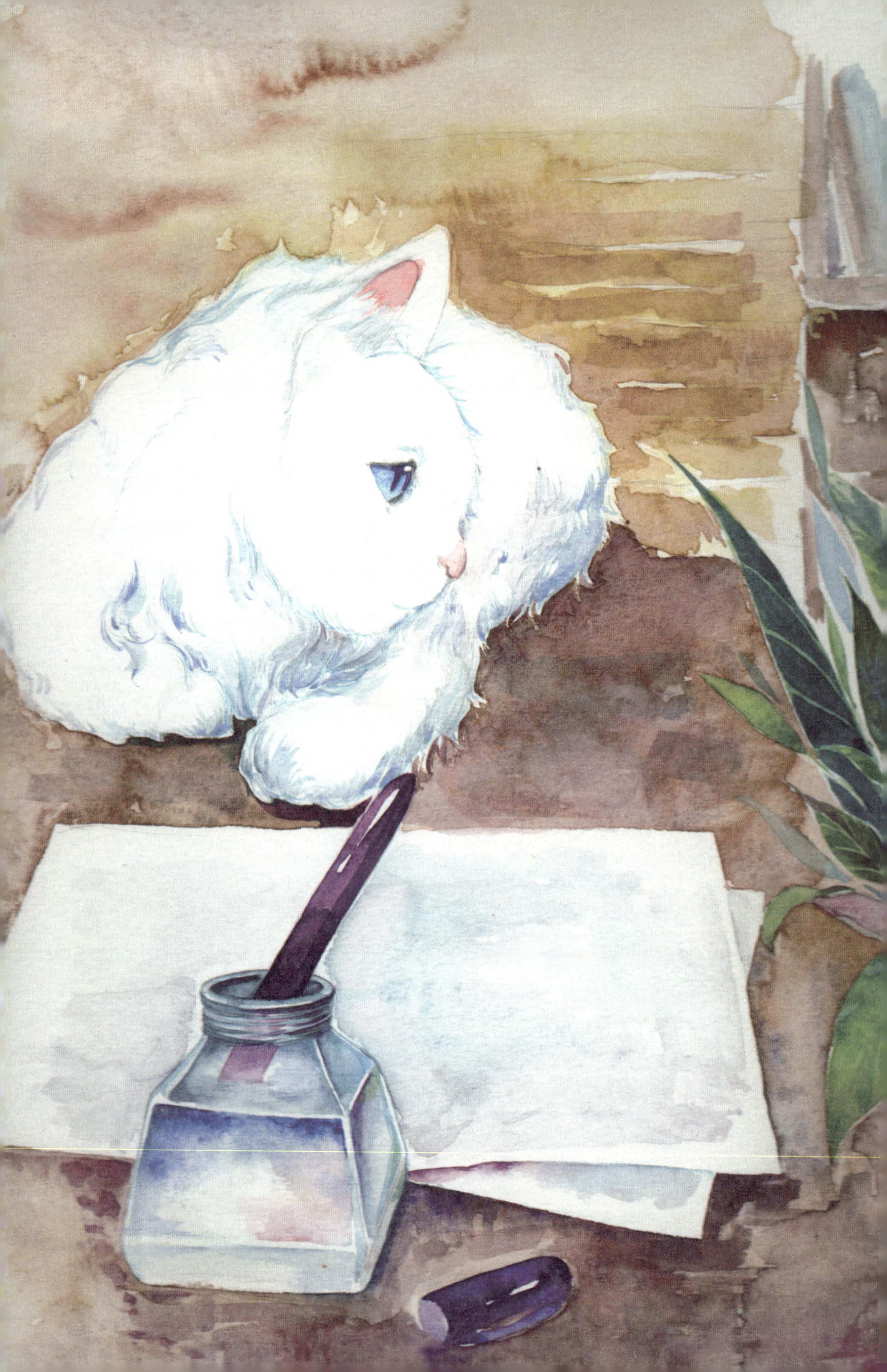

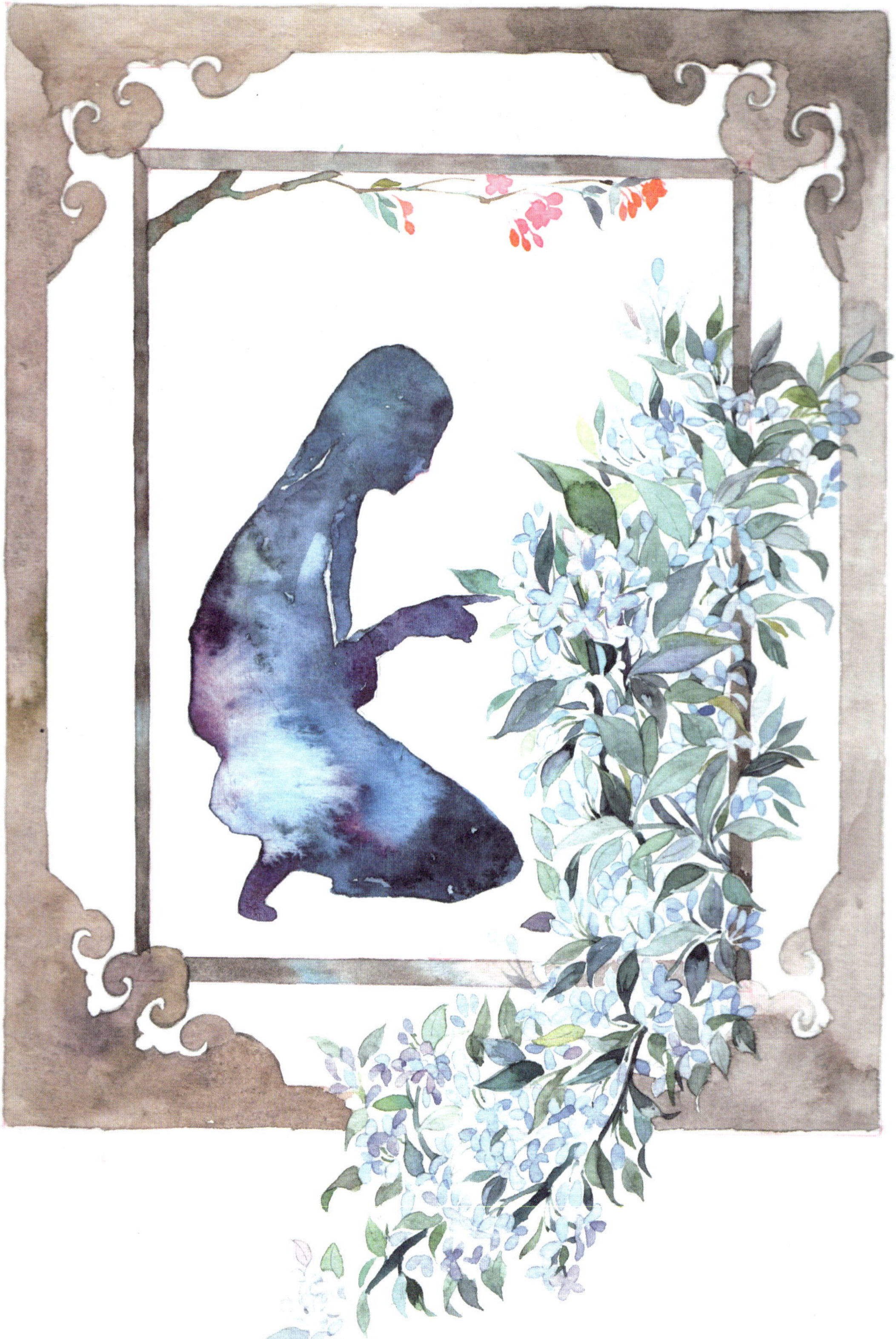

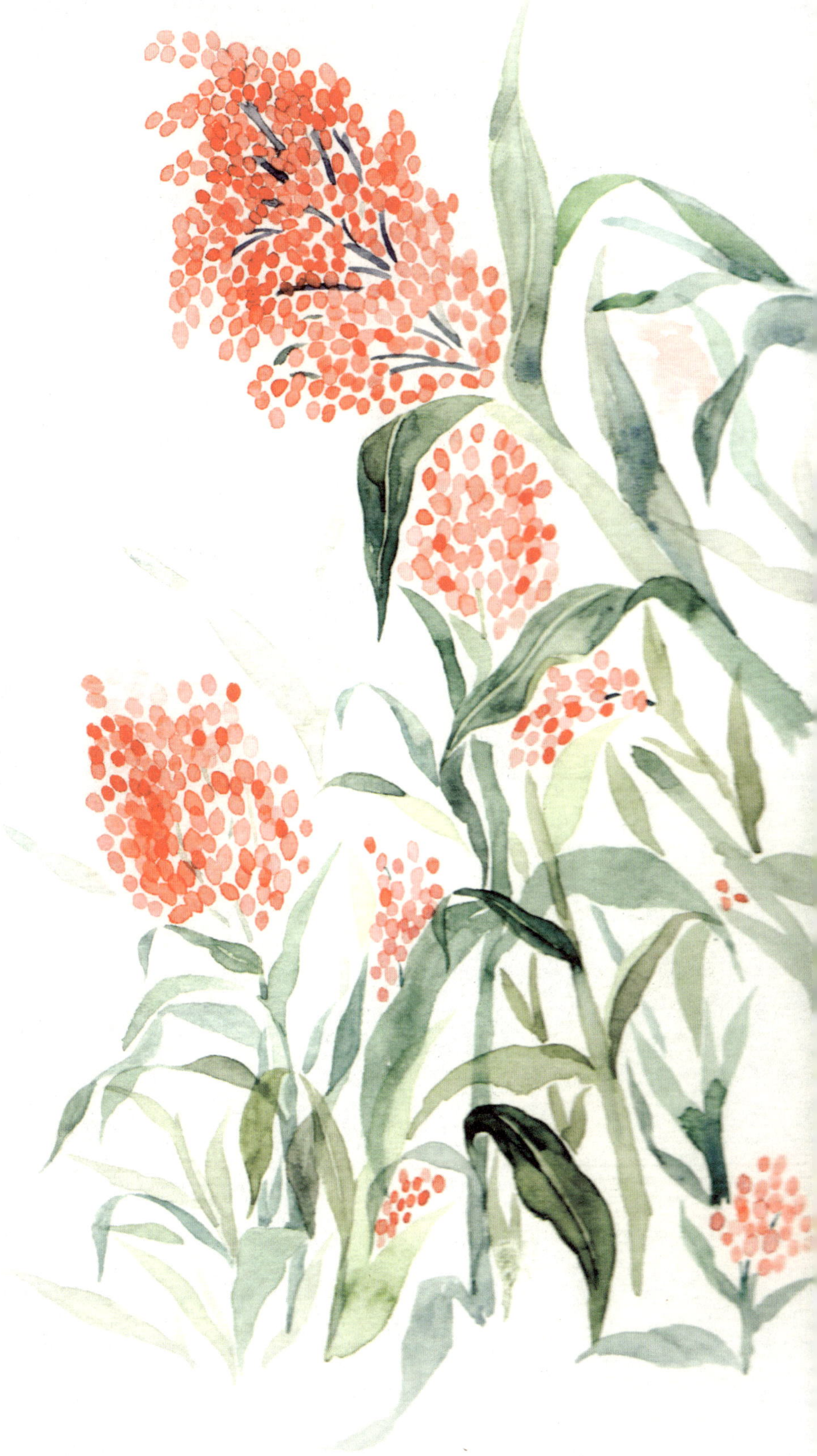

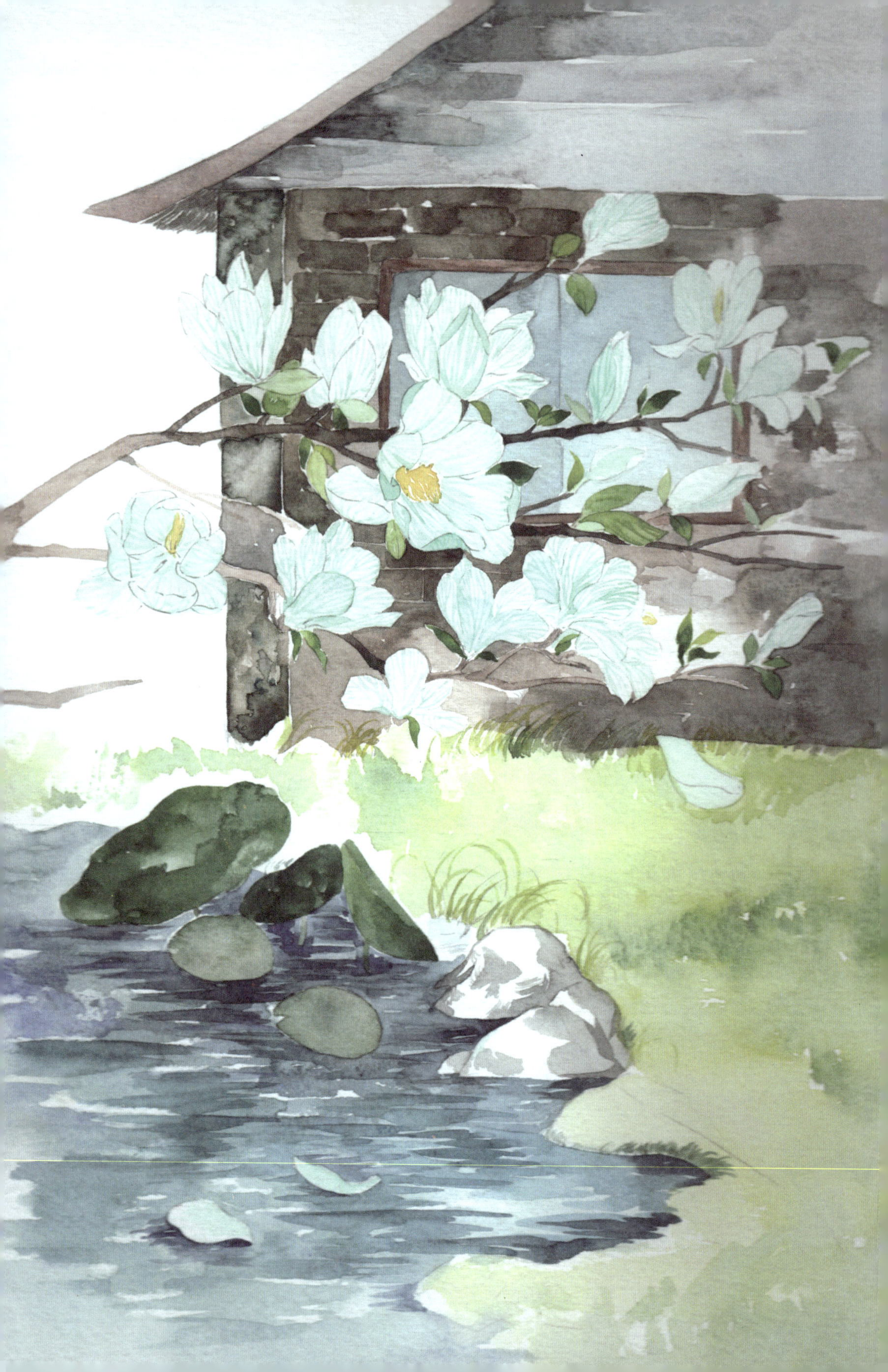

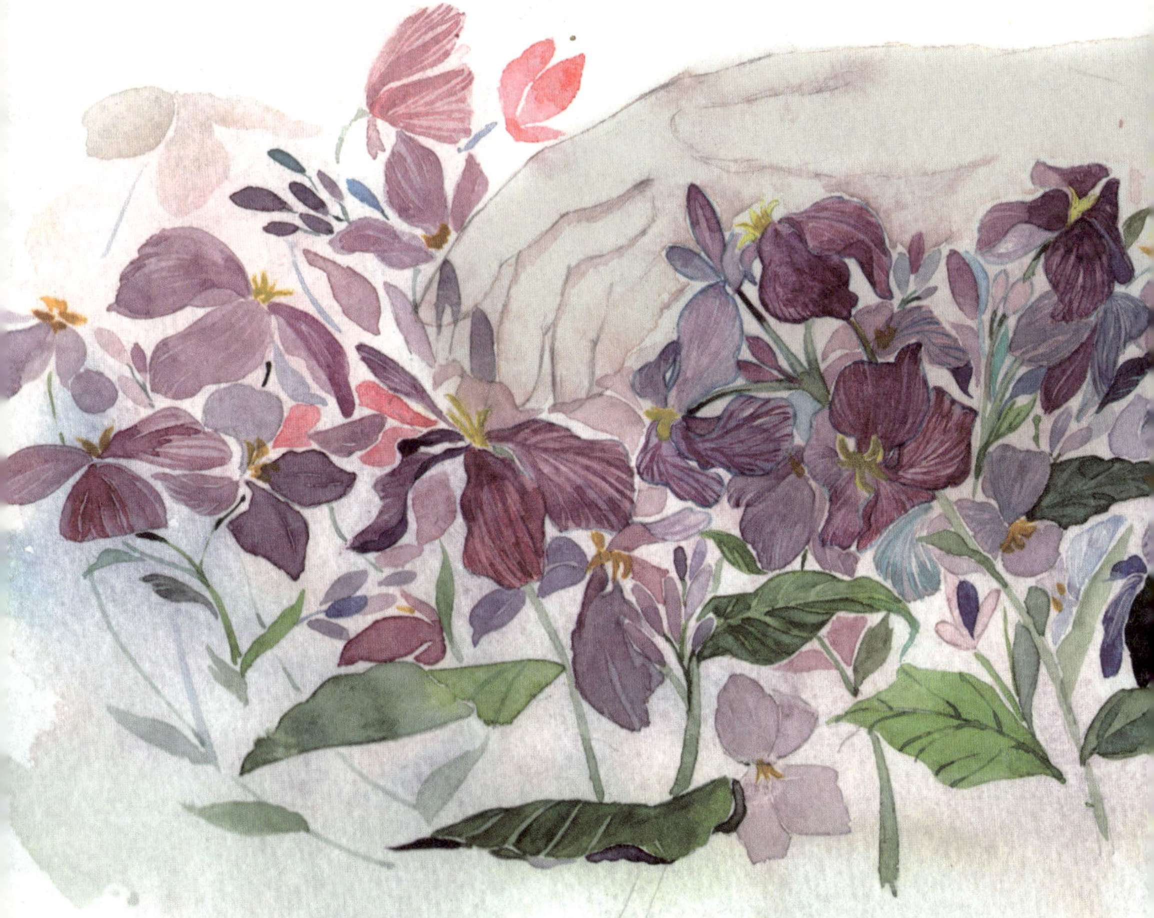

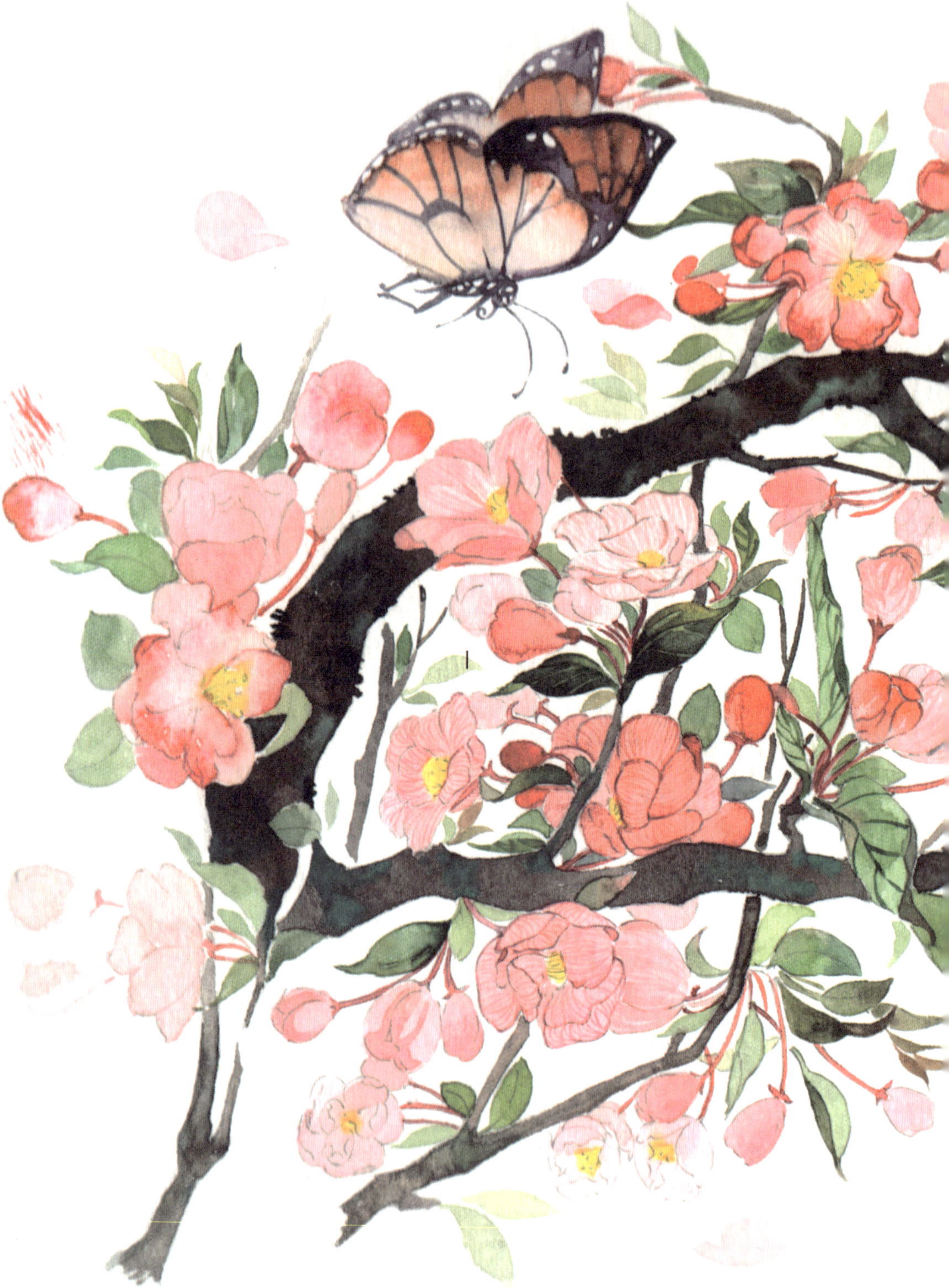

## 暖心美读书（名师导读彩插版）
### 高端选编委员会

（以年岁为序）

**谢　冕**　著名文学评论家，北京大学中文系教授

**周国平**　著名哲学家、作家，中国社会科学院哲学研究所研究员

**王泉根**　著名文学评论家，北京师范大学文学院教授

**曹文轩**　著名作家，北京大学中文系教授，北京作家协会副主席

**朱永新**　著名教育家，苏州大学教授，中国民主促进会中央委员会副主席

# 相信精神，相信文学的力量
## ——《暖心美读书（名师导读彩插版）》总序
### 王泉根

阅读决定高度，精神升华成长。

阅读是生命的重要组成部分。人生的阅读史就是给生命打底的历史、精神发展的历史。在今天这个网络阅读、手机阅读、图画阅读已经成风的多媒体时代，图书阅读依然显得十分重要，静静地捧读书本的姿态，依然是一种最迷人、最值得赞美的姿态。

少年儿童的精神生命如同夏花般蓬勃开放生长。认知、想象、情感、道德、审美、智慧，是给少年儿童精神生命打底的重要内容，也是阅读的重要内容。从优美的、诗意的、感动我们心灵的文学经典名著中，感悟道德的力量、审美的力量、艺术的力量、语言的力量，保卫想象力，巩固记忆力，滋养我们精神生命的成长，这是文学阅读的应有之理，应获之果。

长江文艺出版社奉献给广大小读者、同时也适合大读者阅读的这一套文学精品书系，我更愿意把它作为"经典"来解读。

界定"经典"是难的，如同界定"美"是难的一样。我曾在一篇文章中，对"文学经典"做过如下表述："所谓文学经典，就是那些打败了时间的文字、声音、表情，那些影响我们塑造人生，增加底气，从而改变我们精神高度的东西。"显然，文学经典是可以装进我们远行的背囊，陪伴我们一生的。因为，人的一生，在任何年龄，任何时空，都需要增加底气，增加精神的高度，这样的人生才不会在时间的潮汐中虚度遗恨。

经典阅读既是高雅的阅读行为与文学享受，但同时也是一种人文素养的养成性教育。对于一个正在发育和成长中的少年儿童来说，单有学校的教材教育是远远不够的。成长中的少年儿童，正处于"多梦的年代"，也处于"多思的年代"，他们正在逐步形成独立思维和个体情感，对自己所处的环境和未来发展需要有客观的认识与准备，需要养成积极乐观的人生态度、抗拒挫折的意志和能力，当他们今后走上社会与职场，独立面对自己的现实，独立承受自己的未来时，才不会茫然失措、无从应对。而这些精神"维生素"与人生智慧，往往深藏在经典名著之中。因而经典可以使人终身受益，在人的一生中发挥潜移默化的精神灯火作用。

长江文艺出版社奉献给广大读者朋友的这一套《暖心美读书（名师导读彩插版）》，从文学史、精神史、阅读史的维度，萃取百年中外文学经典名著于一体，立足于少年儿童的阅读接受心理与精神追求，邀请名师进行导读，邀请画师配以精美插图，从选文内容、文学品质、文体类型、装帧设计、图文配制等各个环节，都做到了目前能做到的"最高"功夫，可以说这是一套为新世纪的读者特别是广大少儿读者"量身定做"的文学精粹。

耶鲁学派的代表人物布鲁姆说："没有经典，我们就会停止思考。"经典的永恒价值在于凝聚起现实与历史、人生与人心、上代与下代之间向上向善向美的力量！

有一种力量，让成长充满审美。有一种力量，让青春刚柔并济。有一种力量，让梦想不再遥远。有一种力量，让未来收获吉祥。幻想激活世界，文学托举梦想。相信阅读，相信精神，相信文学的力量。

2017年2月9日于北京师范大学文学院

# 情感如泉，在文字间脉脉流淌

王白云

季羡林，这个穿越于"现代"、活跃于"当代"的文化人，无论从哪个角度看，都不是一个简单的人物。

客观地说，他是一个有争议的人物。

虽然他有"国际著名东方学大师""语言学家""文学家""国学家""佛学家""史学家""教育家"等一大堆金光闪闪的头衔，精通英文、德文、梵文、巴利文，能用俄文、法文阅读，是世界上稀有的几位擅长吐火罗文的学者，有人一心要把"国学大师、学界泰斗、国宝"等吓人的桂冠安到他头上，仍然有一些人对他表示质疑。

最大的质疑在于一个"情"字。而于季羡林自己，最大的纠结也是那一个"情"字。

在季羡林眼里，对于散文，"真情"不是对象或润滑剂，它是散文的"精髓"！

什么是"精髓"？"精髓"的灵魂是"瑰宝"，或许还是"火种"。

也许与他很小就离开自己的父母特别是自己的母亲有关吧，生活中他常以敏感防范之心待人。但是在不需防备的文字世界，他则尽情表达自己的渴望和怀念。夹竹桃、二月兰、海棠花，非常平常的植物，在他的眼中美不胜收；丝瓜、荷塘、上班途中的小路，中原大地再普通不过的事物，在他的笔下成为有滋有味鉴赏的风景。即便"没有红、没有绿，（只）是

"一片灰黄"的童年,他也一动笔便不可收。一只小猫离世,很久以后回想起来,他都"内心里颤抖不止"。更不要说频入梦乡的母亲了。

只不过季羡林的抒情方式与别人不同罢了。有人评价季羡林散文的主要特点是"真实"与"朴素",我却不这么认为。季羡林视《史记》为"散文中的上品",看重的是《史记》虽然重在叙事,但是字里行间洋溢悲愤之情;他把苏东坡、贾谊当作偶像,因为这些人的文字"情即蕴涵其中"。可见,季羡林散文的最大追求是"情感",但又不是"直抒胸臆"。"字里行间""蕴涵其中",表达的正是季羡林"抒情"的特色——情,不是漂浮在文字表面的花瓣,是贯穿文字之中的、脉脉流淌的汁液。

  直到前年,也许正是二月兰开花的大年,我蓦地发现,从我住的楼旁小土山开始,走遍了全园,眼光所到之处,无不有二月兰在。宅旁,篱下,林中,山头,土坡,湖边,只要有空隙的地方,都是一团紫气,间以白雾,小花开得淋漓尽致,气势非凡,紫气直冲云霄,连宇宙都仿佛变成紫色的了。

——《二月兰》

二月兰,非常常见的一种野花,花型很小、色彩平常。但是作者看到时用"蓦地"二字,表现出他的惊艳之情;"宅旁,篱下,林中,山头,土坡,湖边",远远近近,高高低低,足迹遍至,目光穷极,惊喜之情、赞赏之意,在文字之内几成汪洋。"一团紫气,间以白雾,小花开得淋漓尽致,气势非凡,紫气直冲云霄,连宇宙都仿佛变成紫色的了"——观摩之细致,格局之雄浑,想象之玄妙,哪里是写匍匐在地没有声息自生自灭的寻常小花呢?根本就是在渲染天地间的精灵、一个傲骄的小宇宙。

人们常用的"二月兰美极了""我爱二月兰"之类的语词，在季羡林的眼中，倒显得虚泛甚至轻佻了。

当然，季羡林追求的"蕴藉"不等于淡漠。他的散文几乎没有工整的句式和华丽的辞藻，但是内在的情感多姿多彩纵横交错。"直冲云霄"（《二月兰》）、"向上、向上、向上""欲与天公试比高"（《幽径悲剧》）似的"雄健"是一种；"在我的心里幻成一幅绚烂的彩画"（《枸杞树》）、"这花的香慢慢融入棕红色的空气里，融入绚烂的彩雾里"（《黄昏》）之类的"靡丽"是一种；"眼前的一切……成轻烟，成细雾"（《回忆》）、"我不该离开故乡，离开母亲"（《赋得永久的悔》）之类的迷茫痛悔是一类。林林总总，不胜枚举。合并来看，竟是百年人生的酸甜苦辣、峰高谷低的壮怀与哀伤。

或许这正是季羡林散文耐人回味又打动人心的所在。从1911年到2009年，世界动荡，人生多艰。100年前的中国私塾，80年前的留学德国，70年前的日军侵华……叔父收养、清华读书、德国任教、异国恋情、亲人恩怨……季羡林散文的背后是一幅幅栩栩如生的文化画面和内心图景。漫步其间，总会不由自主地跟随作者或惊叹，或哀伤，或喜悦，或若有所悟。季羡林传奇的百年行迹和宏大的精神图谱，因此成为我们心灵的滋养和前行的参照。

## 目  录
CONTENTS

### 清塘荷韵

夹竹桃　　　　　　　　003

二月兰　　　　　　　　009

海棠花　　　　　　　　018

神奇的丝瓜　　　　　　025

清塘荷韵　　　　　　　031

枸杞树　　　　　　　　039

老猫　　　　　　　　　047

幽径悲剧　　　　　　　063

黄昏　　　　　　　　　070

富春江上　　　　　　　078

## 夜来香开花的时候

| | |
|---|---|
| 回忆 | 089 |
| 寻梦 | 096 |
| 两个小孩子 | 100 |
| 我的童年 | 110 |
| 我的家 | 121 |
| 夜来香开花的时候 | 127 |
| 赋得永久的悔 | 143 |

## 怀念母亲

| | |
|---|---|
| 怀念母亲 | 155 |
| 在德国——自己的花是让别人看的 | 160 |
| 月是故乡明 | 163 |

清塘荷韵

# 夹竹桃

夹竹桃不是名贵的花,也不是最美丽的花;但是,对我说来,它却是最值得留恋最值得回忆的花。

不知道由于什么缘故,也不知道从什么时候起,在我故乡的那个城市里,几乎家家都种上几盆夹竹桃,而且都摆在大门内影壁墙下,正对着大门口。客人一走进大门,扑鼻的是一阵幽香,入目的是绿蜡似的叶子和红霞或白雪似的花朵,立刻就感觉到仿佛走进自己的家门口,大有宾至如归之感了。

我们家的大门内也有两盆，一盆红色的，一盆白色的。我小的时候，天天都要从这下面走出走进。红色的花朵让我想到火，白色的花朵让我想到雪。火与雪是不相容的，但是这两盆花却融洽地开在一起，宛如火上有雪，或雪上有火。我顾而乐之，小小的心灵里觉得十分奇妙，十分有趣。

只有一墙之隔，转过影壁，就是院子。我们家里一向是喜欢花的，虽然没有什么非常名贵的花，但是常见的花却是应有尽有。每年春天，迎春花首先开出黄色的小花，报告春的消息。以后接着来的是桃花、杏花、海棠、榆叶梅、丁香，等等，院子里开得花团锦簇。到了夏天，更是满院葳蕤。凤仙花、石竹花、鸡冠花、五色梅、江西腊等等，五彩缤纷，美不胜收。夜来香的香气熏透了整个的夏夜的庭院，是我什么时候也不会忘记的。一到秋天，玉簪花带来凄清的寒意，菊花报告花事的结束。总之，一年三季，花开花落，没有间歇；情景虽美，变化亦多。

然而，在一墙之隔的大门内，夹竹桃却在那里静悄悄地一声不响，一朵花败了，又开出一朵；一嘟噜花黄了，又长出一嘟噜。在和煦的春风里，在盛夏的暴雨里，在深秋的清冷里，看不出什么特别茂盛的时候，也看不出什么特别衰败的时候，无日不迎风弄姿，从春天一直到秋天，从迎春花一直到玉簪花和菊花，无不奉陪。这一点韧性，同院子里那些花比起来，不是形成一个强烈的对照吗？

　　但是夹竹桃的妙处还不止于此。我特别喜欢月光下的

夹竹桃。你站在它下面,花朵是一团模糊,但是香气却毫不含糊,浓浓烈烈地从花枝上袭了下来。它把影子投到墙上,叶影参差,花影迷离,可以引起我许多幻想。我幻想它是地图,它居然就是地图了。这一堆影子是亚洲,那一堆影子是非洲,中间空白的地方是大海。碰巧有几只小虫子爬过,这就是远渡重洋的海轮。我幻想它是水中的荇藻,我眼前就真的展现出一个小池塘。夜蛾飞过映在墙上的影子就是游鱼。我幻想它是一幅墨竹,我就真看到一幅画。微风乍起,叶影吹动,这一幅画竟变成活画了。

有这样的韧性,能这样引起我的幻想,我爱上了夹竹桃。

好多好多年,我就在这样的夹竹桃下面走出走进。最初我的个儿矮,必须仰头才能看到花朵。后来,我逐渐长高了,夹竹桃在我眼中也就逐渐矮了起来。等到我眼睛平视就可以看到花的时候,我离开了家。

我离开了家,过了许多年,走过许多地方。我曾在不同的地方看到过夹竹桃,但是都没有留下深刻的印象。

两年前,我访问了缅甸。在仰光开过几天会以后,缅甸的许多朋友热情地陪我们到缅甸北部古都蒲甘去游览。

这地方以佛塔著名,有"万塔之城"的称号。据说,当年确有万塔。到了今天,数目虽然没有那样多了,但是,纵目四望,嶙嶙岣岣,群塔簇天,一个个从地里涌出,宛如阳朔的群山,又像是云南的石林,用"雨后春笋"这一句老话,差堪比拟。虽然花草树木都还是绿的,但是时令究竟是冬天了,一片萧瑟荒寒气象。

然而就在这地方,在我们住的大楼前,我却意外地发现了老朋友夹竹桃。一株株都跟一层楼差不多高,以致我最初竟没有认出它们来。花色比国内的要多,除了红色的和白色的以外,记得还有黄色的。叶子比我以前看到的更绿得像绿蜡,花朵开在高高的枝头,更像片片的红霞、团团的白雪、朵朵的黄云。苍郁繁茂,浓翠逼人,同荒寒的古城形成了强烈的对比。

我每天就在这样的夹竹桃下走出走进。晚上同缅甸朋友们在楼上凭栏闲眺,畅谈各种各样的问题,谈蒲甘的历史,谈中缅文化交流,谈中缅两国人民的胞波的友谊。在这时候,远处的古塔渐渐隐入暮霭中,近处的几个古塔上却给电灯照得通明,望之如灵山幻境。我伸手到栏外,就可以抓到夹竹桃的顶枝。花香也一阵一阵地从下面飘上楼来，仿佛把中缅友谊熏得更加芬芳。

就这样，在对于夹竹桃的婉美动人的回忆里，又涂上了一层绚烂夺目的中缅人民友谊的色彩。

我从此更爱夹竹桃。

一九六二年十月十七日

# 二月兰

一转眼,不知怎样一来,整个燕园竟成了二月兰的天下。

二月兰是一种常见的野花。花朵不大,紫白相间。花形和颜色都没有什么特异之处。如果只有一两棵,在百花丛中,决不会引起任何人的注意。但是它却以多胜,每到春天,和风一吹拂,便绽开了小花。最初只有一朵,两朵,几朵,但是一转眼,在一夜间,就能变成百朵,千朵,万朵。大有凌驾百花之上的势头了。

我在燕园里已经住了四十多年。最初我并没有特别注意到这种小花。直到前年,也许正是二月兰开花的大年,我蓦地发现,从我住的楼旁小土山开始,走遍了全园,眼光所到之处,无不有二月兰在。宅旁,篱下,林中,山头,土坡,湖边,只要有空隙的地方,都是一团紫气,间以白雾,小花开得淋漓尽致,气势非凡,紫气直冲云霄,连宇宙都仿佛变成紫色的了。

我在迷离恍惚中,忽然发现二月兰爬上了树,有的已

经爬上了树顶，有的正在努力攀登，连喘气的声音似乎都能听到。我这一惊可真不小：莫非二月兰真成了精了吗？再定睛一看，原来是二月兰丛中的一些藤萝，也正在开着花，花的颜色同二月兰一模一样，所差的就仅仅那一团白雾。我实在觉得我这个幻觉非常有趣。带着清醒的意识，我仔细观察起来：除了花形之外，颜色真是一般无二。反正我知道了这是两种植物，心里有了底。然而再一转眼，我仍然看到二月兰往枝头爬。这是真的呢，还是幻觉？由它去吧。

自从意识到二月兰存在以后，一些同二月兰有联系的回忆立即涌上心头。原来很少想到的或根本没有想到的事情，现在想到了；原来认为十分平常的琐事，现在显得十分不平常了。我一下子清晰地意识到，原来这种十分平凡的野花竟在我的生命中占有这样重要的地位。我自己也有点吃惊了。

我回忆的丝缕是从楼旁的小土山开始的。这一座小土山，最初毫无惊人之处，只不过二三米高，上面长满了野草。当年歪风狂吹时，每次"打扫卫生"，全楼住的人都被召唤出来拔草，不是"绿化"，而是"黄化"。我每次都在心中暗恨这小山野草之多。后来不知由于什么原因，把山堆高了一两米。这样一来，山就颇有一点山势了。东头的苍松，西头的翠柏，都仿佛恢复了青春，一年四季郁郁葱葱。中间一棵榆树，从树龄来看，只能算是松柏的曾孙，然而也枝干繁茂，高枝直刺入蔚蓝的晴空。

我不记得从什么时候起我注意到小山上的二月兰。这种野花开花大概也有大年小年之别的。碰到小年，只在小山前后稀疏地开上那么几片。遇到大年，则山前山后开成大片。二月兰仿佛发了狂。我们常讲什么什么花"怒放"，这个"怒"字用得真是无比地奇妙。二月兰一"怒"，仿佛从土地深处吸来一股原始力量，一定要把花开遍大千世界，紫气直冲云霄，连宇宙都仿佛变成紫色的了。

东坡的词说："月有阴晴圆缺，人有悲欢离合，此事古难全。"但是花们好像是没有什么悲欢离合的。应该开时，它们就开；该消失时，它们就消失。它们是"纵浪大化中"，一切顺其自然，自己无所谓什么悲与喜。我的二月兰就是这个样子。

然而，人这个万物之灵却偏偏有了感情，有了感情就有了悲欢。这真是多此一举,然而没有法子。人自己多情,又把情移到花,"泪眼问花花不语",花当然"不语"了。如果花真"语"起来,岂不吓坏了人!这些道理我十分明白。然而我仍然把自己的悲欢挂到了二月兰上。

当年老祖还活着的时候,每到春天二月兰开花的时候,她往往拿一把小铲,带一个黑书包,到成片的二月兰旁青草丛里去搜挖荠菜。只要看到她的身影在二月兰的紫雾里晃动,我就知道在午餐或晚餐的餐桌上必然弥漫着荠菜馄饨的清香。当婉如还活着的时候,她每次回家,只要二月兰正在开花,她离开时,总穿过左手是二月兰的紫雾,右手是湖畔垂柳的绿烟,匆匆忙忙走去,把我的目光一直带到湖对岸的拐弯处。当小保姆杨莹还在我家时,她也同小山和二月兰结上了缘。她曾套宋词写过三句话:"午静携侣寻野菜,黄昏抱猫向夕阳,当时只道是寻常。"我的小猫虎子和咪咪还在世的时候,我也往往在二月兰丛里看到她们:一黑一白,在紫色中格外显眼。

所有这些琐事都是寻常到不能再寻常了。然而,曾几何时,到了今天,老祖和婉如已经永远永远地离开了我们。

小莹也回了山东老家。至于虎子和咪咪也各自遵循猫的规律，不知钻到了燕园中哪一个幽暗的角落里，等待死亡的到来。老祖和婉如的走，把我的心都带走了。虎子和咪咪我也忆念难忘。如今，天地虽宽，阳光虽照样普照，我却感到无边的寂寥和凄凉。回忆这些往事，如云如烟，原来是近在眼前，如今却如蓬莱灵山，可望而不可即了。

对于我这样的心情和我的一切遭遇，我的二月兰一点也无动于衷，照样自己开花。今年又是二月兰开花的大年。在校园里，眼光所到之处，无不有二月兰在。宅旁，篱下，林中，山头，土坡，湖边，只要有空隙的地方，都是一团紫气，间以白雾，小花开得淋漓尽致，气势非凡，紫气直冲霄汉，连宇宙都仿佛变成紫色的了。

这一切都告诉我，二月兰是不会变的，世事沧桑，于她如浮云。然而我却是在变的，月月变，年年变。我想以不变应万变，然而办不到。我想学习二月兰，然而办不到。不但如此，她还硬把我的记忆牵回到我一生最倒霉的时候。在十年浩劫中，我自己跳出来反对北大那一位"老佛爷"，被抄家，被打成了"反革命"。正是二月兰开花的时候，我被管制劳动改造。有很长一段时间，我每天到一个地方去捡破砖碎瓦，还随时准备着被红卫兵押解到什么地方去"批斗"，坐喷气式，还要挨上一顿揍，被打得鼻青脸肿。可是在砖瓦缝里二月兰依然开放，怡然自得，笑对春风，好像是在嘲笑我。

我当时日子实在非常难过。我知道正义是在自己手中，可是是非颠倒，人妖难分，我呼天天不应，叫地地不答，一腔义愤，满腹委屈，毫无人生之趣。在很长一段时间内，我成了"不可接触者"，几年没接到过一封信，很少有人敢同我打个招呼。我虽处人世，实为异类。

然而我一回到家里，老祖、德华她们，在每人每月只能得到恩赐十几元钱生活费的情况下，殚精竭虑，弄一点好吃的东西，希望能给我增加点营养；更重要的恐怕还是希望能给我增添点生趣。婉如和延宗也尽可能地多回家来。我的小猫憨态可掬，偎依在我的身旁。她们不懂哲学，分不清两类不同性质的矛盾，人视我为异类，她们视我为好友，从来没有表态，要同我划清界限。所有这一些极其平常的琐事，都给我带来了无量的安慰。窗外尽管千里冰封，室内却是暖气融融。我觉得,在世态炎凉中,还有不炎凉者在。这一点暖气支撑着我,走过了人生最艰难的一段路,没有堕入深涧,一直到今天。

我感觉到悲,又感觉到欢。

到了今天,天运转动,否极泰来,不知怎么一来,我一下子成为"极可接触者"。到处听到的是美好的言辞,到处见到的是和悦的笑容。我从内心里感激我这些新老朋友,他们绝对是真诚的。他们鼓励了我,他们启发了我。然而,一回到家里,虽然德华还在,延宗还有,可我的老祖到哪里去了呢?我的婉如到哪里去了呢?世界虽照样朗朗,阳光虽照样明媚,我却感觉异样的寂寞与凄凉。

我感觉到欢,又感觉到悲。

我年届耄耋,前面的路有限了。几年前,我写过一篇短文,叫《老猫》,意思很简明,我一生有个特点:不愿意麻烦人。了解我的人都承认的。难道到了人生最后一段路上我就要改变这个特点吗?不,不,不想改变。我真想学一学老猫,到了大限来临时,钻到一个幽暗的角落里,一个人悄悄地离开人世。

这话又扯远了。我并不认为眼前就有制订行动计划的必要。我还有很多事情要做，而且我的健康情况也允许我去做。有一位青年朋友说我忘记了自己的年龄。这话极有道理。可我并没有全忘。有一个问题我还想弄弄清楚哩。按说我早已到了"悲欢离合总无情"的年龄，应该超脱一点了。然而在离开这个世界以前，我还有一件心事：我想弄清楚，什么叫"悲"，什么又叫"欢"？是我成为"不可接触者"时悲呢，还是成为"极可接触者"时欢？如果没有老祖和婉如的逝世，这问题本来是一清二白的。现在却是悲欢难以分辨了。我想得到答复。我走上了每天必登临几次的小山，我问苍松，苍松不语；我问翠柏，翠柏不答。我问三十多年来亲眼目睹我这些悲欢离合的二月兰，她也沉默不语，兀自万朵怒放，笑对春风，紫气直冲霄汉。

一九九三年六月十一日写完

# 海棠花

　　早晨到研究所去的路上，抬头看到人家的园子里正开着海棠花，缤纷烂漫地开成一团。这使我想到自己故乡院子里的那两棵海棠花，现在想也正是开花的时候了。

　　我虽然喜欢海棠花，但却似乎与海棠花无缘。自家院子里虽然就有两棵，枝干都非常粗大，最高的枝子竟高过房顶，秋后叶子落光了的时候，看到尖尖的顶枝直刺着蔚蓝悠远的天空，自己的幻想也仿佛跟着爬上去，常默默地看上半天；但是要到记忆里去搜寻开花时的情景，却只能搜到很少几个断片。家搬过来以前，曾在春天到原来住在这里的亲戚家里去讨过几次折枝，当时看了那开得团团滚滚的花朵，很羡慕过一番。但这已经是很久很久以前的事情，现在回忆起来都有点儿渺茫了。

家搬过来以后，自己似乎只在家里待过一个春天。当时开花时的情景，现在已想不真切。记得有一个晚上同几个同伴在家南边一个高崖上游玩，向北看，看到一片屋顶，

其中纵横穿插着一条条的空隙,是街道。虽然也可以幻想出一片海浪,但究竟单调得很。可是在这一片单调的房顶中却蓦地看到一树繁花的尖顶,绚烂得像是西天的晚霞。当时我真有说不出的高兴,其中还夹杂着一点儿渴望,渴望自己能够走到这树下去看上一看。于是我就按着这一条条的空隙数起来,终于发现,那就是自己家里那两棵海棠树。我立刻跑下崖头,回到家里,站在海棠树下,一直站到淡红的花团渐渐消逝到黄昏里去,只朦胧留下一片淡白。

但是这样的情景只有过一次,其余的春天我都是在北京度过的。北京是古老的都城,尽有许多机会可以作赏花的韵事,但是自己却很少有这福气。我只到中山公园去看过芍药,到颐和园去看过一次木兰。此外,就是同一个老朋友在大毒日头下面跑过许多条窄窄的灰土街道到崇效寺去看过一次牡丹;又因为去得太晚了,只看到满地残英。至于海棠,不但是很少看到,连因海棠而出名的寺院似乎也没有听说过。北京的春天是非常短的,短到几乎没有。最初还是残冬,可是接连吹上几天大风,再一看树木都长出了嫩绿的叶子,天气陡然暖了起来,已经是夏天了。

夏天一来，我就又回到故乡去。院子里的两棵海棠已经密密层层地盖满了大叶子，很难令人回忆起这上面曾经开过团团滚滚的花。长昼无聊，我躺在铺在屋里面地上的席子上睡觉，醒来往往觉得一枕清凉，非常舒服。抬头看到窗纸上历历乱乱地布满了叶影。我间或也坐在窗前看点儿书，满窗浓绿，不时有一只绿色的虫子在上面慢慢地爬过去，令我幻想深山大泽中的行人。蜗牛爬过的痕迹就像是山间林中的蜿蜒的小路。就这样，自己可以看上半天。晚上吃过饭后，就搬了椅子坐在海棠树下乘凉，从叶子的空隙处看到灰色的天空，上面嵌着一颗一颗的星。结在海棠树下檐边中间的蜘蛛网，借了星星的微光，把影子投在天幕上。一切都是这样静。这时候，自己往往什么都不想，只让睡意轻轻地压上眉头。等到果真睡去半夜里再醒来的时候，往往听到海棠叶子寒寒寒寒地直响，知道外面下雨了。

似乎这样的夏天也没有能过几个。六年前的秋天，当海棠树的叶子渐渐地转成淡黄的时候，我离开故乡，来到了德国。一转眼，在这个小城里，就住了这么久。我们天天在过日子，却往往不知道日子是怎样过的。以前在一篇什么文章里读到这样一句话:"我们从现在起要仔仔细细地过日子了。"当时颇有同感,觉得自己也应立刻从即时起仔仔细细地过日子了。但是过了一些时候,再一回想,仍然是有些捉摸不住,不知道日子是怎样过去的。到了德国,更是如此。我本来是下定了决心用苦行者的精神到德国来念书的,所以每天除了钻书本以外,很少想到别的事情。可是现实的情况又不允许我这样做。而且祖国又时来入梦,使我这万里外的游子心情不能平静。就这样,在幻想和现实之间,在祖国和异域之间,我的思想在挣扎着。不知道怎样一来,一下子就过了六年。

哥廷根是有名的花城。来到这里的第一个春天,这里花之多,就让我吃惊。雪刚融化,就有白色的小花从地里钻出来。以后,天气逐渐转暖,一转眼,家家园子里都挤满了花。红的、黄的、蓝的、白的,大大小小,五颜六色,锦似的一片,都不知道是什么时候开放的。山上树林子里,更有整树的白花。我常常一个人在暮春五月到山上去散步,暖烘烘的香气飘拂在我的四周。人同香气仿佛融而为一,忘记了花,也忘记了自己,直到黄昏才慢慢回家。但是我却似乎一直没注意到这里也有海棠花。原因是，我最初只看到满眼繁花，多半是叫不出名字。"看花苦为译秦名"，我也就不译了。因而也就不分什么花什么花，只是眼花缭乱而已。

但是，真像一个奇迹似的，今天早晨我竟在人家园子里看到盛开的海棠花。我的心一动，仿佛刚睡了一大觉醒来似的，蓦地发现，自己在这个异域的小城里住了六年了。乡思浓浓地压上心头，无法排解。

我前面说，我同海棠花无缘。现在我不知道应该怎样说好了，乡思并不是很舒服的事情。但是在这垂尽的五月天，当自己心里填满了忧愁的时候，有这么一团十分浓烈的乡思压在心头，令人感到痛苦。同时我却又爱惜这一点儿乡思，欣赏这一点儿乡思。它使我想到：我是一个有故乡和祖国的人。故乡和祖国虽然远在天边，但是现在他们却近在眼前。我离开他们的时间愈远，他们却离我愈近。我的祖国正在苦难中，我是多么想看到他呀！把祖国召唤到我眼前来的，似乎就是海棠花，我应该感激它才是。

想来想去，我自己也糊涂了。晚上回家的路上，我又走过那个园子去看海棠花。它依旧同早晨一样，缤纷烂漫地开成一团，它似乎一点儿也不理会我的心情。我站在树下，呆了半天，抬眼看到西天正亮着同海棠花一样红艳的晚霞。

一九四一年五月二十九日德国哥廷根

# 神奇的丝瓜

今年春天，孩子们在房前空地上，斩草挖土，开辟出来了一个一丈见方的小花园。周围用竹竿扎了一个篱笆，移来了一棵玉兰花树，栽上了几株月季花，又在竹篱下面随意种上了几棵扁豆和两棵丝瓜。土壤并不肥沃，虽然也铺上了一层河泥，但估计不会起很大的作用，大家不过是玩玩而已。

过了不久，丝瓜竟然长了出来，而且日益茁壮、长大。这当然增加了我们的兴趣。但是我们也并没有过高的期望。

我自己每天早晨工作疲倦了，常到屋旁的小土山上走一走，站一站，看看墙外马路上的车水马龙和亚运会招展的彩旗，顾而乐之，只不过顺便看一看丝瓜罢了。

丝瓜是普通的植物，我也并没有想到会有什么神奇之处。可是忽然有一天，我发现丝瓜秧爬出了篱笆，爬上了楼墙。以后，每天看丝瓜，总比前一天向楼上爬了一大段；最后竟从一楼爬上了二楼，又从二楼爬上了三楼。说它每天长出半尺，决非夸大之词。丝瓜的秧不过像细绳一般粗，如不注意，连它的根在什么地方，都找不到。这样细的一根秧竟能在一夜之间输送这样多的水分和养料，供应前方，使得上面的叶子长得又肥又绿，爬在灰白色的墙上，一片浓绿，给土墙增添了无量活力与生机。

这当然让我感到很惊奇，我的兴趣随之大大地提高。每天早晨看丝瓜成了我的主要任务，爬小山反而成为次要的了。我往往注视着细细的瓜秧和浓绿的瓜叶，陷入沉思，想得很远，很远……

又过了几天，丝瓜开出了黄花。再过几天，有的黄花就变成了小小的绿色的瓜。瓜越长越长，越长越长，重量当然也越来越增加,最初长出的那一个小瓜竟把瓜秧坠下来了一点儿,直挺挺地悬垂在空中,随风摇摆。我真是替它担心,生怕它经不住这一份重量,会整个儿地从楼上坠了下来落到地上。

然而不久就证明了,我这种担心是多余的。最初长出来的瓜不再长大,仿佛得到命令停止了生长。在上面,在

三楼一位一百〇二岁的老太太的室外窗台上，却长出来了两个瓜。这两个瓜后来居上，发疯似的猛长，不久就长成了小孩胳膊一般粗了。这两个瓜加起来恐怕有五六斤重，那一根细秧怎么能承担得住呢？我又担心起来。没过几天，事实又证明了我是杞人忧天。两个瓜不知从什么时候忽然弯了起来，把躯体放在老太太的窗台上，从下面看上去，活像两个粗大弯曲的绿色牛角。

不知道从哪一天起，我忽然又发现，在两个大瓜的下面，在二三楼之间，在一根细秧的顶端，又长出来一个瓜，垂直地悬在那里。我又犯了担心病：这个瓜上面够不到窗台，下面也是空空的，总有一天，它越长越大，会把上面的两个大瓜也坠了下来，一起坠到地上，落叶归根，同它的根部聚合在一起。

然而今天早晨，我却看到了奇迹。同往日一样，我习惯地抬头看瓜，下面最小的那一个早已停止生长，孤零零地悬在空中，似乎一点儿分量都没有；上面老太太窗台上那两个大的，似乎长得更大了，威武雄壮地压在窗台上；中间的那一个却不见了。我看看地上，没有看到掉下来的瓜。

等我倒退几步抬头再看时，却看到那一个我认为失踪了的瓜，平着身子躺在抗震加固时筑上的紧靠楼墙凸出的一个台子上。这真让我大吃一惊。这样一个原来垂直悬在空中的瓜怎么忽然平身躺在那里了呢？这个凸出的台子无论是从上面还是从下面都是无法上去的，决不会是有人把丝瓜摆平的。

我百思不得其解，徘徊在丝瓜下面，像达摩老祖一样，面壁参禅。我仿佛觉得这棵丝瓜有了思想，它能考虑问题，而且还有行动，它能让无法承担重量的瓜停止生长；它能给处在有利地形的大瓜找到承担重量的地方，给这样的瓜特殊待遇，让它们疯狂地长；它能让悬垂的瓜平身躺下。如果不是这样的话，无论如何也无法解释我上面谈到的现象。但是，如果真是这样的话，又实在令人难以置信。丝瓜用什么来思想呢？丝瓜靠什么来指导自己的行动呢？

上下数千年，纵横几万里，从来也没有人说过，丝瓜会有思想。我左考虑，右考虑，越考虑越糊涂。我无法同丝瓜对话，这是一个沉默的奇迹。瓜秧仿佛成了一根神秘的绳子，绿叶上照旧浓翠扑人眉宇。我站在丝瓜下面，陷入梦幻。而丝瓜则似乎心中有数,无言静观,它怡然泰然悠然坦然,仿佛含笑面对秋阳。

一九九〇年十月九日

# 清塘荷韵

楼前有清塘数亩。记得三十多年前初搬来时,池塘里好像是有荷花的,我的记忆里还残留着一些绿叶红花的碎影。后来时移事迁,岁月流逝,池塘里却变得"半亩方塘一鉴开,天光云影共徘徊",再也不见什么荷花了。

我脑袋里保留的旧的思想意识颇多,每一次望到空荡荡的池塘,总觉得好像缺点儿什么。这不符合我的审美观念。有池塘就应当有点儿绿的东西,哪怕是芦苇呢,也比什么都没有强。最好的最理想的当然是荷花。中国旧的诗文中,描写荷花的简直是太多太多了。周敦颐的《爱莲说》读书人不知道的恐怕是绝无仅有的。他那一句有名的"香远益清"是脍炙人口的。几乎可以说，中国没有人不爱荷花的。可我们楼前池塘中独独缺少荷花。每次看到或想到，总觉得是一块心病。

有人从湖北来，带来了洪湖的几颗莲子，外壳呈黑色，极硬。据说，如果埋在淤泥中，能够千年不烂。因此，我用铁锤在莲子上砸开了一条缝，让莲芽能够破壳而出，不致永远埋在泥中。这都是一些主观的愿望，莲芽能不能够出，都是极大的未知数。反正我总算是尽了人事，把五六颗敲破的莲子投入池塘中，下面就是听天命了。

这样一来，我每天就多了一件工作：到池塘边上去看上几次。心里总是希望，忽然有一天，"小荷才露尖尖角"，有翠绿的莲叶长出水面。可是，事与愿违，投下去的第一年，一直到秋凉落叶，水面上也没有出现什么东西。经过了寂寞的冬天，到了第二年，春水盈塘，绿柳垂丝，一片旖旎的风光。可是，我翘盼的水面上却仍然没有露出什么荷叶。此时我已经完全灰了心，以为那几颗湖北带来的硬壳莲子，由于人力无法解释的原因,大概不会再有长出荷花的希望了。我的目光无法把荷叶从淤泥中吸出。

但是,到了第三年,却忽然出了奇迹。有一天,我忽然发现,在我投莲子的地方长出了几个圆圆的绿叶,虽然颜色极惹人喜爱,但是却细弱单薄,可怜兮兮地平卧在水面上,像水浮莲的叶子一样。而且最初只长出了五六个叶片。我总嫌这有点儿太少,总希望多长出几片来。于是,我盼星星,盼月亮,天天到池塘边上去观望。有校外的农民来捞水草,我总请求他们手下留情,不要碰断叶片。但是经过了漫漫的长夏,凄清的秋天又降临人间,池塘里浮动的仍然只是孤零零的那五六个叶片。对我来说,这又是一个虽微有希望但究竟仍令人灰心的一年。

真正的奇迹出现在第四年上。严冬一过,池塘里又溢满了春水。到了一般荷花长叶的时候,在去年漂浮着五六个叶片的地方,一夜之间,突然长出了一大片绿叶,而且看来荷花在严冬的冰下并没有停止行动,因为在离开原有五六个叶片的那块基地比较远的池塘中心,也长出了叶片。叶片扩张的速度,扩张范围的扩大,都是惊人地快。几天之内，池塘内不小一部分，已经全为绿叶所覆盖。而且原来平卧在水面上的像是水浮莲一样的叶片，不知道是从哪里聚集来了力量，有一些竟然跃出了水面，长成了亭亭的荷叶。原来我心中还迟迟疑疑，怕池中长的是水浮莲，而不是真正的荷花。这样一来，我心中的疑云一扫而光：池

塘中生长的真正是洪湖莲花的子孙了。我心中狂喜，这几年总算是没有白等。

天地萌生万物，对包括人在内的动植物等有生命的东西，总是赋予一种极其惊人的求生存的力量和极其惊人的扩展蔓延的力量。这种力量大到无法抗御。只要你肯费力来观摩一下，就必然会承认这一点。现在摆在我面前的就是我楼前池塘里的荷花。自从几个勇敢的叶片跃出水面以后，许多叶片接踵而至。一夜之间，就出来了几十枝，而且迅速地扩散、蔓延。不到十几天的工夫，荷叶已经蔓延得遮蔽了半个池塘。从我撒种的地方出发，向东西南北四面扩展。我无法知道，荷花是怎样在深水中淤泥里走动。反正从露出水面的荷叶来看，它每天至少要走半尺的距离，才能形成眼前这个局面。

光长荷叶，当然是不能满足的。荷花接踵而至，而且据了解荷花的行家说，我门前池塘里的荷花，同燕园其他池塘里的，都不一样。其他地方的荷花，颜色浅红；而我这里的荷花，不但红色浓，而且花瓣多，每一朵花能开出十六个复瓣，看上去当然就与众不同了。这些红艳耀目的荷花,高高地凌驾于莲叶之上,迎风弄姿,似乎在睥睨一切。幼时读旧诗:"毕竟西湖六月中,风光不与四时同。接天莲叶无穷碧,映日荷花别样红。"我爱其诗句之美,深恨没有能亲自到杭州西湖去欣赏一番。现在我门前池塘中呈现的就是那一派西湖景象。是我把西湖从杭州搬到燕园里来了,岂不大快人意也哉!前几年才搬到朗润园来的周一良先生赐名为"季荷"。我觉得很有趣,又非常感激。难道我这个人将以荷而传吗?

前年和去年,每当夏月塘荷盛开时,我每天至少有几次徘徊在塘边,坐在石头上,静静地吸吮荷花和荷叶的清香。"蝉噪林逾静,鸟鸣山更幽。"我确实觉得四周静得很。我在一片寂静中,默默地坐在那里,水面上看到的是荷花绿肥、红肥。倒影映入水中,风乍起,一片莲瓣堕入水中,它从上面向下落,水中的倒影却是从下边向上落,最后一接触到水面,二者合为一,像小船似的漂在那里。我曾在某一本诗话上读到两句诗:"池花对影落,沙鸟带声飞。"作者深惜第二句对仗不工。这也难怪,像"池花对影落"这样的境界究竟有几个人能参悟透呢?

晚上，我们一家人也常常坐在塘边石头上纳凉。有一夜，天空中的月亮又明又亮，把一片银光洒在荷花上。我忽听扑通一声，是我的小白波斯猫毛毛扑入水中，它大概是认为水中有白玉盘，想扑上去抓住。它一入水，大概就觉得不对头，连忙矫捷地回到岸上，把月亮的倒影打得支离破碎，好久才恢复了原形。

今年夏天，天气异常闷热，而荷花则开得特欢。绿盖擎天，红花映日，把一个不算小的池塘塞得满而又满，几乎连水面都看不到了。一个喜爱荷花的邻居，天天兴致勃勃地数荷花的朵数。今天告诉我，有四五百朵；明天又告诉我，有六七百朵。但是，我虽然知道他为人细致，却不相信他真能数出确实的朵数。在荷叶底下，石头缝里，旮旮旯旯，不知还隐藏着多少菁葖儿，都是在岸边难以看到的。粗略估计，今年大概开了将近一千朵。真可以算是洋洋大观了。

连日来，天气突然变寒，好像是一下子从夏天转入秋天。池塘里的荷叶虽然仍然是绿油一片，但是看来变成残荷之日也不会太远了。再过一两个月，池水一结冰，连残荷也将消逝得无影无踪。那时荷花大概会在冰下冬眠,做着春天的梦。它们的梦一定能够圆的。"既然冬天到了,春天还会远吗?"

我为我的"季荷"祝福。

一九九七年九月十六日中秋节

# 枸杞树

在不经意的时候，一转眼便会有一棵苍老的枸杞树的影子飘过。这使我困惑。最先是去追忆：什么地方我曾看见这样一棵苍老的枸杞树呢？是在某处的山里么？是在另一个地方的一个花园里么？但是，都不像。最后，我想到才到北平时住的那个公寓；于是我想到这棵苍老的枸杞树。

我现在还能很清晰地温习一些事情：我记得初次到北平时，在前门下了火车以后，这古老都市的影子，便像一个秤锤，沉重地压在我的心上。我迷惘地上了一辆洋车，跟着木屋似的电车向北跑。远处是红的墙，黄的瓦。我是初次看到电车的；我想，"电"不是很危险吗？后面的电车上的脚铃响了；我坐的洋车仍然在前面悠然地跑着。我感到焦急，同时，我的眼仍然"如入山阴道上，应接不暇"，我仍然看到，红的墙，黄的瓦。

　　终于，在焦急、又因为初踏入一个新的境地而生的迷惘的心情下，折过了不知多少满填着黑土的小胡同以后，我被拖到西城的某一个公寓里去了。我仍然非常迷惘而有

点儿近于慌张,眼前的一切都仿佛给一层轻烟笼罩起来似的。我看不清院子里有什么东西,我甚至也没有看清我住的小屋。黑夜跟着来了,我便糊里糊涂地睡下去,做了许许多多离奇古怪的梦。

虽然做了梦,但是却没有能睡得很熟。刚看到窗上有点儿发白,我就起来了。因为心比较安定了一点儿,我才开始看得清楚:我住的是北屋,屋前的小院里,有不算小的一缸荷花,四周错落地摆了几盆杂花。我记得很清楚:这些花里面有一棵仙人头,几天后,还开了很大的一朵白花,但是最惹我注意的,却是靠墙长着的一棵枸杞树,已经长得高过了屋檐,枝干苍老钩曲,像千年的古松,树皮皱着,色是黝黑的,有几处已经开了裂。

幼年在故乡的时候,常听人说,枸杞树是长得非常慢的,很难成为一棵树。现在居然有这样一棵虬干的老枸杞树站在我面前,真像梦;梦又掣开了轻纱的网,我这是站在公寓里么?于是,我问公寓的主人,这枸杞有多大年龄了,他也渺茫:他初次来这里开公寓时,这树就是现在这样,三十年来,没有多少变动。这更使我惊奇,我用惊奇的眼光注视着这苍老的枝干在沉默着,又注视着接连着树顶的蓝蓝的长天。

就这样,我每天看书乏了,就总到这棵树底下徘徊。在细弱的枝条上,蜘蛛结了网,间或有一片树叶儿或苍蝇蚊子之流的尸体粘在上面。在有太阳或灯光照上去的时候,这小小的网也会反射出细弱的清光来。倘若再走近一点儿,你又可以看到许多叶上都爬着长长的绿色的虫子,在爬过的叶上留了半圆的缺口。就在这有着缺口的叶片上,你可以看到各样的斑驳陆离的彩痕。对了这彩痕,你可以随便想到什么东西:想到地图,想到水彩画,想到被雨水冲过的墙上的残痕,再玄妙一点儿,想到宇宙,想到有着各种彩色的迷离的梦影。

这许许多多的东西,都在这小的叶片上呈现给你。当你想到地图的时候,你可以任意指定一个小的黑点儿,算作你的故乡。再大一点儿的黑点儿,算作你曾游过的湖或山,你不是也可以在你心的深处浮起点儿温热的感觉么?这苍老的枸杞树就是我的宇宙。不,这叶片就是我的全宇宙。我替它把长长的绿色的虫子拿下来,摔在地上。对着它,我描画着自己种种涂着彩色的幻象。我把我的童稚的幻想，拴在这苍老的枝干上。

在雨天，牛乳色的轻雾给每件东西涂上一层淡影。这苍黑的枝干更显得黑了。雨住了的时候，有一两个蜗牛在上面悠然地爬着，散步似的从容。蜘蛛网上残留的雨滴，静静地发着光。一条虹从北屋的脊上伸展出去，像拱桥不知伸到什么地方去了。这枸杞的顶尖就正顶着这桥的中心。不知从什么地方来的阴影，渐渐地爬过了西墙。墙隅的蜘蛛网，树叶浓密的地方仿佛把这阴影捉住了一把似的，渐渐地黑起来。只剩了夕阳的余晖返照在这苍老的枸杞树的圆圆的顶上，淡红的一片，熠耀着，俨然如来佛头顶上金色的圆光。

以后，黄昏来了，一切角隅皆为黄昏所占领了。我同几个朋友出去到西单一带散步。穿过了花市，晚香玉在薄暗里发着幽香。不知在什么时候，什么地方，我曾读过一句诗："黄昏里充满了木樨花的香。"我觉得很美丽。虽然我从来没有闻到过木樨花的香，虽然我明知道现在我闻到的是晚香玉的香。但是我总觉得我到了那种缥缈的诗意的境界似的。在淡黄色的灯光下，我们摸索着转进了幽黑的小胡同，走回了公寓。这苍老的枸杞树只剩下了一团凄迷的影子，靠北墙站着。

跟着来的是个长长的夜。我坐在窗前读着预备考试的功课。大头尖尾的绿色小虫，在糊了白纸的玻璃窗外有所寻觅似的撞击着。不一会儿，一个从缝里挤进来了，接着又一个，又一个。成群地围着灯飞。当我听到卖"玉米面饽饽"夏长的永远带点儿寒冷的声音，从远处的小巷里越过了墙飘了过来的时候，我便捻熄了灯，睡下去。于是又开始了同蚊子和臭虫的争斗。在静静的长夜里，忽然醒了，残梦仍然压在我心头，倘若我听到又有寒窣的声音在这棵苍老的枸杞树周围，我便知道外面又落了雨。

我注视着这神秘的黑暗，我描画给自己：这枸杞树的苍黑的枝干该更黑了罢；那只蜗牛有所趋避该匆匆地在向隐僻处爬去罢；小小的圆的蜘蛛网，该又捉住雨滴了罢；这雨滴在黑夜里能不能静静地发着光呢？我做着天真的童话般的梦。我梦到了这棵苍老的枸杞树——这枸杞树也做梦么？第二天早晨起来，外面真的还在下着雨。空气里充满了清新的沁人心脾的清香。荷叶上顶着珠子似的雨滴，蜘蛛网上也顶着，静静地发着光。

在如火如荼的盛夏转入初秋的澹远里去的时候，我这种诗意的，又充满了稚气的生活，终于不能继续下去。我离开这公寓，离开这苍老的枸杞树，移到清华园里来，到现在差不多四年了。这园子素来是以水木著名的。春天里，满园里怒放着红的花，远处看，红红的一片火焰。夏天里，垂柳拂着地，浓翠扑上人的眉头。红霞般的爬山虎给冷清的深秋涂上一层凄艳的色彩。冬天里，白雪又把这园子安排成为一个银的世界。在这四季，又都有西山的一层轻缈的紫气，给这园子添了不少的光辉。

这一切颜色：红的，翠的，白的，紫的，混合地涂上了我的心，在我心里幻成一幅绚烂的彩画。我做着红色的，翠色的，白色的，紫色的，各样颜色的梦。论理说起来，我在西城的公寓做的童话般的梦，早该被挤到不知什么地方去了。但是，我自己也不了解，在不经意的时候，总有一棵苍老的枸杞树的影子飘过。飘过了春天的火焰似的红花；飘过了夏天的垂柳的浓翠；飘过了红霞似的爬山虎，一直到现在,是冬天,白雪正把这园子装成银的世界。混合了氤氲的西山的紫气,静定在我的心头。在一个浮动的幻影里,我仿佛看到:有夕阳的余晖返照在这棵苍老的枸杞树的圆圆的顶上,淡红的一片,熠耀着,像如来佛头顶上的金光。

一九三三年十二月八日雪之下午

# 老　猫

　　老猫虎子蜷曲在玻璃窗外窗台上一个角落里，缩着脖子，眯着眼睛，浑身一片寂寞、凄清、孤独、无助的神情。

　　外面正下着小雨，雨丝一缕一缕地向下飘落，像是珍珠帘子。时令虽已是初秋，但是隔着雨帘，还能看到紧靠窗子的小土山上丛草依然碧绿，毫无要变黄的样子。在万绿丛中赫然露出一朵鲜艳的红花。古诗"万绿丛中一点红"，大概就是这般光景吧。这一朵小花如火似燃，照亮了浑茫的雨天。

我从小就喜爱小动物,同小动物在一起,别有一番滋味。它们天真无邪,率性而行;有吃抢吃,有喝抢喝;不会说谎,不会推诿;受到惩罚,忍痛挨打;一转眼间,照偷不误。同它们在一起,我心里感到怡然,坦然,安然,欣然。不像同人在一起那样,应对进退,谨小慎微,斟酌词句,保持距离,感到异常地别扭。

十四年前,我养的第一只猫,就是这个虎子。它刚到我家来的时候,比老鼠大不了多少。蜷曲在窄狭的窗台上,活动的空间好像绰绰有余。它并没有什么特点,只是一只最平常的狸猫,身上有虎皮斑纹,颜色不黑不黄,并不美观。但是它异于常猫的地方也有。它有两只炯炯有神的眼睛,两眼一睁,还真虎虎有虎气,因此起名叫虎子。它脾气也确实暴烈如虎。它从来不怕任何人。谁要想打它,不管是用鸡毛掸子,还是用竹竿,它从不回避,而是向前进攻,声色俱厉。得罪过它的人,它永世不忘。我的外孙打过它一次,从此结仇。只要他到我家来,隔着玻璃窗子,一见人影,它就做好准备,向前进攻,爪牙并举,吼声震耳。他没有办法,在家中走动,都要手持竹竿,以防万一,否则寸步难行。有一次，一位老同志来看我，他显然是非常喜欢猫的。一见虎子，嘴里连声说着："我身上有猫味，猫不会咬我的。"他伸手想去抚摩它，可万没有想到，我们的虎子不懂什么猫味，回头就是一口。这位老同志大惊失色。总之，到了后来，虎子无人不咬，只有我们家三个主人除外，它的"咬声"颇能耸人听闻了。

　　但是，要说这就是虎子的全面，那也是不正确的。除了暴烈咬人以外，它还有另外一面，这就是温柔敦厚的一面。我举一个小例子。虎子来我们家以后的第三年，我又要了一只小猫。这是一只混种的波斯猫，浑身雪白，毛很长，但在额头上有一小片黑黄相间的花纹。我们家人管这只猫叫洋猫，起名咪咪；虎子则被尊为土猫。这只猫的脾气同虎子完全相反：胆小、怕人，从来没有咬过人。只有在外面跑的时候，才露出一点儿野性。它只要有机会溜出大门，但见它长毛尾巴一摆，像一溜烟似的立即窜入小山的树丛中，半天不回家。这两只猫并没有血缘关系。但是，不知道是由于什么原因，一进门，虎子就把咪咪看作是自己的亲生女儿。它自己本来没有什么奶，却坚决要给咪咪喂奶，把咪咪搂在怀里,让它咂自己的干奶头,它眯着眼睛,仿佛在享着天福。我在吃饭的时候,有时丢点儿鸡骨头、鱼刺,这等于猫们的燕窝、鱼翅。但是,虎子却只蹲在旁边,瞅着咪咪一只猫吃,从来不同它争食。有时还"咪噢"上两声,好像是在说:"吃吧,孩子!安安静静地吃吧!"有时候,不管是春夏还是秋冬,虎子会从西边的小山上逮一些小动物,麻雀、蚱蜢、蝉、蛐蛐之类,用嘴叼着,蹲在家门口,嘴里发出一种怪声。这是猫语,屋里的咪咪,不管是睡还是醒,耸耳一听,立即跑到门后,馋涎欲滴,等着吃母亲带来的佳肴,大快朵颐。我们家人看到这样母子亲爱的情景,都由衷地感动,一致把虎子称作"义猫"。有一年,小咪咪生了两个小猫。大概是初做母亲,没有经验,正如我们圣人所说的那样:"未有学养子而后嫁者也。"养子,人们能很快学会,而猫们则不行。咪咪丢下小猫不管,虎子却大忙特忙起来,觉不睡,饭不吃,日日夜夜把小猫搂在怀里。但小猫是要吃奶的,而奶正是虎子所缺的。于是小猫暴躁不安,虎子眉头一皱,计上心来,叼起小猫,到处追着咪咪,要它给小猫喂奶,还真像一个姥姥样子。但是小咪咪并不领情，依旧不给小猫喂奶。有几天的时间，虎子不吃不喝，瞪着两只闪闪发光的眼睛，嘴里叼着小猫，从这屋赶到那屋；一转眼又赶了回来。小猫大概真是受不了啦，便辞别了这个世界。

我看了这一出猫家庭里的悲剧又是喜剧，实在是爱莫能助，惋惜了很久。

我同虎子和咪咪都有深厚的感情。每天晚上，它们俩抢着到我床上去睡觉。在冬天，我在棉被上面特别铺上了一块布，供它们躺卧。我有时候半夜里醒来，神志一清醒，觉得有什么东西重重地压在我身上，一股暖气仿佛透过了两层棉被，扑到我的双腿上。我知道，小猫睡得正香，即使我的双腿由于僵卧时间过久，又酸又痛，但我总是强忍着，决不动一动双腿，免得惊了小猫的轻梦。它此时也许正梦着捉住了一只耗子。只要我的腿一动，它这耗子就吃不成了，岂非大煞风景吗？

这样过了几年，小咪咪大概有八九岁了。虎子比它大三岁，十一二岁的光景，依然威风凛凛，脾气暴烈如故，见人就咬，大有死不悔改的神气。而小咪咪则出我意料地露出了下世的光景，常常到处小便，桌子上，椅子上，沙发上，无处不便。如果到医院里去检查的话，大夫在列举的病情中一定会有这一条的：小便失禁。最让我心烦的是，它偏偏看上了我桌子上的稿纸。我正写着什么文章，然而它却根本不管这一套，跳上去，屁股往下一蹲，一泡猫尿流在上面，还闪着微弱的光。说我不急，那不是真的，我心里真急。但是，我谨遵我的一条戒律：决不打小猫一掌，在任何情况之下，也不打它。此时，我赶快把稿纸拿起来，抖掉上面的猫尿，等它自己干。心里又好气，又好笑，真是哭笑不得。家人对我的嘲笑，我置若罔闻，"全等秋风过耳边"。

我不信任何宗教，也不皈依任何神灵。但是，此时我却有点儿想迷信一下。我期望会有奇迹出现，让咪咪的病情好转。可世界上是没有什么奇迹的，咪咪的病一天一天地严重起来。它不想回家，喜欢在房外荷塘边上石头缝里待着，或者藏在小山的树木丛里。它再也不在夜里睡在我的被子上了。每当我半夜里醒来，觉得棉被上轻飘飘的，我惘然若有所失，甚至有点儿悲伤了。我每天凌晨起来，第一件事情就是拿着手电到房外塘边山上去找咪咪。它浑身雪白,是很容易找到的。在薄暗中,我眼前白白地一闪,我就知道是咪咪。见了我,"咪噢"一声,起身向我走来。我把它抱回家,给它东西吃,它似乎根本没有口味。我看了直想流泪。有一次我拖着疲惫的身子,走几里路,到海淀的肉店里去买猪肝和牛肉。拿回来,喂给咪咪,它一闻,似乎有点儿想吃的样子;但肉一沾唇,它立即又把头缩回去,闭上眼睛,不闻不问了。

有一天傍晚,我看咪咪神情很不妙,预感要发生什么事情。我唤它,它不肯进屋。我把它抱到篱笆以内,窗台下面。我端来两只碗,一只盛吃的,一只盛水。我拍了拍它的脑袋,它偎依着我,"咪噢"叫了两声,便闭上了眼睛。我放心进屋睡觉。第二天凌晨,我一睁眼,三步并作一步,手里拿着手电,到外面去看。哎呀不好!两碗全在,猫影顿杳。我心里非常难过,说不出是什么滋味。我手持手电找遍了塘边,山上,树后,草丛,深沟,石缝。有时候,眼前白光一闪。"是咪咪!"我狂喜。走近一看,是一张白纸。我嗒然若丧,心头仿佛被挖掉了点儿什么。"屋前屋后搜之遍,几处茫茫皆不见。"从此我就失掉了咪咪,它从我的生命中消逝了,永远永远地消逝了。我简直像是失掉了一个好友,一个亲人。至今回想起来,我内心里还颤抖不止。

在我心情最沉重的时候,有一些通达世事的好心人告诉我,猫们有一种特殊的本领,能知道自己什么时候寿终。到了此时此刻,它们决不待在主人家里,让主人看到死猫,感到心烦,或感到悲伤。它们总是逃了出去,到一个最僻静、最难找的角落里,地沟里,山洞里,树丛里,等候最后时刻的到来。因此,养猫的人大都在家里看不见死猫的尸体。只要自己的猫老了,病了,出去几天不回来,他们就知道,它已经离开了人世,不让举行遗体告别的仪式,永远永远不再回来了。

我听了以后,憬然若有所悟。我不是哲学家,也不是宗教家,但却读过不少哲学家和宗教家谈论生死大事的文章。这些文章多半有非常精辟的见解,闪耀着智慧的光芒,我也想努力从中学习一些有关生死的真理。结果却是毫无所得。那些文章中,除了说教以外,几乎没有什么有用的东西。大半都是老生常谈,不能解决什么实际问题,没能给我留下深刻的印象。现在看来，倒是猫们临终时的所作所为，即使仅仅是出于本能吧，却给了我很大的启发。人们难道就不应该向猫们学习这一点经验吗？有生必有死，这是自然规律，谁都逃不过。中国历史上赫赫有名的人物，秦皇、汉武，还有唐宗，想方设法，千方百计，想求长生不老。到头来仍然是竹篮子打水一场空，只落得黄土一抔，"西风残照汉家陵阙"，我辈平民百姓又何必煞费苦心呢？一个人早死几个小时，或者晚死几个小时，甚至几天，实在是无所谓的小事，决影响不了地球的转动，社会的前进。再退一步想，现在有些思想开明的人士，不想长生不老，不想在大地上再留黄土一抔，甚至开明到不要遗体告别，不要开追悼会。但是仍会给后人留下一些麻烦：登报，发讣告，还要打电话四处通知，总得忙上一阵。何不学一学猫们呢？它们这样处理生死大事，干得何等干净利索呀！一点儿痕迹也不留，走了，走了，永远地走了，让这花花世界的人们不见猫尸，用不着落泪，照旧做着花花世界的梦。

我忽然联想到我多次看过的敦煌壁画上的西方净土图。所谓"净土"，指的就是我们常说的天堂、乐园，是许多宗教信徒烧香念佛，查经祷告，甚至实行苦行，折磨自己，梦寐以求想到达的地方。据说在那里可以享受天福，得到人世间万万得不到的快乐。我看了壁画上画的房子、街道、树木、花草，以及大人、小孩，林林总总，觉得十分热闹。可我觉得没有什么出奇之处。只有一件事给我留下了永不磨灭的印象，那就是，那里的人们都是笑口常开，没有一个人愁眉苦脸，他们的日子大概过得都很惬意。不像在我们人间有这样许多不如意的事情，有时候办点儿事，还要找后门，钻空子。在他们的商店里——净土里面还实行市场经济吗？他们还用得着商店吗？——售货员大概都很和气，不给人白眼，不训斥"上帝"，不扎堆闲侃，不给人钉子碰。这样的天堂乐园，我也真是心向往之的。但是给我印象最深，使我最为吃惊或者羡慕的还是他们对待要死的人的态度。那里的人，大概同人世间的猫们差不多，能预先知道自己寿终的时刻。到了此时，要死的老嬷嬷或者老头，健步如飞地走在前面，身后簇拥着自己的子子孙孙、至亲好友，个个喜笑颜开，全无悲戚的神态，仿佛是去参加什么喜事一般，一直把老人送进坟墓。后事如何，壁画不是电影，是不能动的。然而画到这个程度，以后的事尽在不言中。如果一定要画上填土封坟，反而似乎是多此一举了。我觉得，净土中的人们给我们人类争了光。他们这一手比猫们又漂亮多了。知道必死，而又兴高采烈，多么豁达！多么聪明！猫们能做得到吗？这证明，净土里的人们真正参透了人生奥秘，真正参透了自然规律。人为万物之灵，他们为我们人类在同猫们对比之下真真增了光！真不愧是净土！

上面我胡思乱想得太远了，还是回到我们人世间来吧。我坦白承认，我对人生的奥秘参透得还不够，我对自然规律参透得也还不够，我仍然十分怀念我的咪咪。我心里仿佛有一个空白，非填起来不行。我一定要找一只同咪咪一模一样的白色波斯猫。后来果然朋友又送来了一只，浑身长毛，洁白如雪，两只眼睛全是绿的，亮晶晶像两块绿宝石。为了纪念死去的咪咪，我仍然为它命名"咪咪"，见了它，就像见到老咪咪一样。过了大约又有一年的光景，友人又送了我一只据说是纯种的波斯猫，两只眼睛颜色不同，一黄一蓝。在太阳光下，黄的特别黄，蓝的特别蓝，像两颗黄蓝宝石，闪闪发光，竞妍争艳。这只猫特别调皮，简直是胆大无边，然而也因此就更特别可爱。这一下子又忙坏了虎子，它认为这两只小猫都是自己的亲生女儿，硬逼着它们吮吸自己那干瘪的奶头。只要它走出去，不知在什么地方弄到了小鸟、蚱蜢之类，就带回家来，给两只小猫吃。好久没有听到的"咪噢"唤小猫的声音，现在又听到了，我心里漾起了一丝丝甜意。这大大地减轻了我对老咪咪的怀念。

可是岁月不饶人，也不会饶猫的。这一只"土猫"虎子已经活到十四岁。据通达世情的人们说，猫的十四岁，就等于人的八九十岁。这样一来，我自己不是成了虎子的同龄"人"了吗？这个虎子却也真怪。有时候，颇现出一些老相。两只炯炯有神的眼睛里忽然被一层薄膜蒙了起来，嘴里流出了哈喇子，胡子上都沾得亮晶晶的。不大想往屋里来，日日夜夜趴在阳台上蜂窝煤堆上，不吃，不喝。我有了老咪咪的经验，知道它快不行了。我也跑到海淀，去买来牛肉和猪肝，想让它不要饿着肚子离开这个世界，我随时准备着：第二天早晨一睁眼，虎子不见了。结果虎子并没有这样干。我天天凌晨第一件事就是来看虎子，隔着窗子，依然黑乎乎的一团，卧在那里。我心里感到安慰。有时候，它也起来走动。我在本文开头时写的就是去年深秋一个下雨天我隔窗看到的虎子的情况。

到了今天，半年又过去了。虎子不但没有走，而且顽健胜昔，仍然是天天出去。有时候在晚上，窗外的布帘子的一角蓦地被掀了起来，一个丑角似的三花脸一闪。我便知道，这是虎子回来了，连忙开门，放它进来。大概同某一些老年人一样——不是所有的老年人——到了暮年就改恶向善，虎子的脾气大大地改变了，几乎再也不咬人了。我早晨摸黑起床，写作看书累了，常常到门外湖边山下去走一走。此时，我冷不防脚下忽然踢着了一团软乎乎的东西，这是虎子。它在夜里不知道在什么地方待了一夜，现在看到了我，一下子蹿了出来，用身子蹭我的腿，在我身前和身后转悠。它跟着我，亦步亦趋，我走到哪里，它就跟到哪里，寸步不离。我有时故意爬上小山，以为它不会跟来了，然而一回头，虎子正跟在身后。猫是从来不跟人散步的，只有狗才这样干。有时候碰到过路的人，他们见了这情景，都大为吃惊。"你看猫跟着主人散步哩！"他们说，露出满脸惊奇的神色。最近一个时期，虎子似乎更精力旺盛了。它返老还童了。有时候竟带一个它重孙辈的小公猫到我们家阳台上来。"今夜我们相识"，虎子用不着介绍就相识了。看样子，虎子一去不复返的日子遥遥无期了。我成了拥有三只猫的家庭的主人。

我养了十几年猫，前后共有四只。猫们向人们学习什么，我不通猫语，无法询问。我作为一个人却确实向猫学习了一些有用的东西。上面讲过的处理死亡的办法，就是一个例子。我自己毕竟年纪已经很大了，常常想到死的问题，鲁迅五十多岁就想到了，我真是瞠乎后矣。人生必有死，这是无法抗御的。而且我还认为，死也是好事情。如果世界上的人都不死，连我们的轩辕老祖和孔老夫子今天依然峨冠博带，坐着奔驰车，到天安门去遛弯儿，你想人类世界会成一个什么样子！人是百代的过客，总是要走过去的，这决不会影响地球的转动和人类社会的进步。每一代人都只是一场没有终点的长途接力赛的一环。前不见古人，后不见来者，是宇宙常规。人老了要死，像在净土里那样，应该算是一件喜事。老人跑完了自己的一棒，把棒交给后人，自己要休息了,这是正常的。不管快慢,他们总算跑完了一棒,总算对人类的进步做出了贡献,总算尽上了自己的天职。年老了要退休,这是身体精神状况所决定的,不是哪个人能改变的。老人们会不会感到寂寞呢?我认为,会的。但是我却觉得,这寂寞是顺乎自然的,从伦理的高度来看,甚至是应该的。我始终主张,老年人应该为青年人活着,而不是相反。青年人有接力棒在手,世界是他们的,未来是他们的,希望是他们的。吾辈老年人的天职是尽上自己仅存的精力,帮助他们前进,必要时要躺在地上,让他们踏着自己的躯体前进,前进。如果由于害怕寂寞而学习《红楼梦》里的贾母,让一家人都围着自己转,这不但是办不到的,而且从人类前途利益来看是犯罪的行为。我说这些话,也许有人怀疑,我是不是碰到了什么不如意的事,才说出这样令某些人骇怪的话来。不,不,决不。我现在身体顽健,家庭和睦,在社会上广有朋友,每天照样读书、写作、会客、开会不辍。我没有不如意的事情,也没有感到寂寞。不过自己毕竟已逾耄耋之年,面前的路有限了,不免有时候胡思乱想。而且,我同猫们相处久了,觉得它们有些东西确实值得我们学习，我们这些万物之灵应该屈尊一下，学习学习。即使只学到猫们处理死亡大事这一手，我们的社会会减少多少麻烦呀！

"那么，你是不是准备学习呢？"我仿佛听到有人这样质问了。是的，我心里是想学习的。不过也还有些困难。我没有猫的本能，我不知道自己的大限何时来到。而且我还有点儿担心。如果我真正学习了猫，有一天忽然偷偷地溜出了家门，到一个旮旯里、树丛里、山洞里、河沟里，一头钻进去，藏了起来，这样一来，我们人类社会可不像猫社会那样平静，有些人必然认为这是特大新闻，指手画脚，喊喊喳喳。如果是在旧社会里或者在今天的香港等地的话，这必将成为头版头条的爆炸性新闻，不亚于当年的杨乃武和小白菜。我的亲属和朋友也必将派人出去寻找。派的人也许比寻找彭加木的人还要多。这是多么可怕的事呀！因此我就迟疑起来。至于最后究竟何去何从？我正在考虑、推敲、研究。

一九九二年

## 幽径悲剧

出家门,向右转,只有二三十步,就走进一条曲径。有二三十年之久,我天天走过这一条路,到办公室去。因为天天见面,也就成了司空见惯,对它有点漠然了。

然而,这一条幽径却是大大有名的。记得在五十年代,我在故宫的一个城楼上,参观过一个有关《红楼梦》的展览。我看到由几幅山水画组成的组画,画的就是这一条路,足证这一条路是同这一部伟大的作品有某一些联系的。至于是什么联系,我已经记忆不清。留在我记忆中的只是一点印象：这一条平平常常的路是有来头的，不能等闲视之。

这一条路在燕园中是极为幽静的地方。学生们称之为"后湖"，他们是很少到这里来的。我上面说它平平常常，这话有点语病，它其实是颇为不平常的。一面傍湖，一面靠山，蜿蜒曲折，实有曲径通幽之趣。山上苍松翠柏，杂树成林。无论春夏秋冬，总有翠色在目。不知名的小花，从春天开起，过一阵换一个颜色，一直开到秋末。到了夏天，山上一团浓绿，人们仿佛是在一片绿雾中穿行。林中小鸟，枝头鸣蝉，仿佛互相应答。秋天，枫叶变红，与苍松翠柏，相映成趣，凄清中又饱含浓烈。几乎让人不辨四时了。

小径另一面是荷塘，引人注目主要是在夏天。此时绿叶接天，红荷映日。仿佛从地下深处爆发出一股无比强烈的生命力，向上，向上，向上，欲与天公试比高，真能使懦者立怯者强，给人以无穷的感染力。

不管是在山上，还是在湖中，一到冬天，当然都有白雪覆盖。在湖中，昔日的潋滟的绿波为坚冰所取代。但是在山上，虽然落叶树都把叶子落掉，可是松柏反而更加精神抖擞，绿色更加浓烈，意思是想把其他树木之所失，自己一手弥补过来,非要显示出绿色的威力不行。再加上还有翠竹助威,人们置身其间,绝不会感到冬天的萧索了。

这一条神奇的幽径,情况大抵如此。

在所有的这些神奇的东西中,给我印象最深,让我最留恋难忘的是一株古藤萝。藤萝是一种受人喜爱的植物。清代笔记中有不少关于北京藤萝的记述。在古庙中,在名园中,往往都有几棵寿达数百年的藤萝,许多神话故事也往往涉及藤萝。北大现住的燕园,是清代名园,有几棵古老的藤萝,自是意中事。我们最初从城里搬来的时候,还能看到几棵据说是明代传下来的藤萝。每到春天,紫色的花朵开得满棚满架,引得游人和蜜蜂猬集其间,成为春天一景。

但是,根据我个人的评价,在众多的藤萝中,最有特色的还是幽径的这一棵。它既无棚,也无架,而是让自己的枝条攀附在邻近的几棵大树的干和枝上,盘曲而上,大有直上青云之概。因此,从下面看,除了一段苍黑古劲像苍龙般的粗干外,根本看不出是一株藤萝。每到春天,我走在树下,眼前无藤萝,心中也无藤萝。然而一股幽香蓦地闯入鼻官，嗡嗡的蜜蜂声也袭入耳内，抬头一看，在一团团的绿叶中——根本分不清哪是藤萝叶，哪是其他树的叶子——隐约看到一朵朵紫红色的花，颇有万绿丛中一点红的意味。直到此时，我才清晰地意识到这一棵古藤的存在，顾而乐之了。

经过了史无前例的十年浩劫，不但人遭劫，花木也不能幸免。藤萝们和其他一些古丁香树等等，被异化为"修正主义"，遭到了无情的诛伐。六院前的和红二三楼之间的那两棵著名的古藤，被坚决、彻底、干净、全部地消灭掉。是否也被踏上一千只脚，没有调查研究，不敢瞎说；永世不得翻身，则是铁一般的事实了。

茫茫燕园中，只剩下了幽径的这一棵藤萝了。它成了燕园中藤萝界的鲁殿灵光①。每到春天，我在悲愤、惆怅之余，唯一的一点安慰就是幽径中这一棵古藤，每次走在它下面，闻到淡淡的幽香，听到嗡嗡的蜂鸣，顿觉这个世界还是值得留恋的，人生还不全是荆棘丛。其中情味，只有我一个人知道，不足为外人道也。

---

① 鲁殿灵光，比喻仅存的有声望的人或事物。

然而，我快乐得太早了。人生毕竟还是一个荆棘丛，绝不是到处都盛开着玫瑰花。今年春天，我走过长着这棵古藤的地方，我的眼前一闪，吓了一大跳：古藤那一段原来凌空的虬干，忽然成了吊死鬼，下面被人砍断，只留上段悬在空中，在风中摇曳。再抬头向上看，藤萝初绽出来的一些淡紫的成串的花朵，还在绿叶丛中微笑。它们还没有来得及知道，自己赖以生存的树干已经被砍断了，脱离了地面，再没有水分供它们生存了。它们仿佛成了失掉了母亲的孤儿，不久就会微笑不下去，连痛哭也没有地方了。

　　我是一个没有出息的人。我的感情太多，总是供过于求，经常为一些小动物、小花草惹起万斛闲愁。真正的伟人们是绝不会这样的。反过来说，如果他们像我这样的话，也绝不能成为伟人。我还有点自知之明，我注定是一个渺小的人，也甘于如此，我甘为一些小猫小狗小花小草流泪叹气。这一棵古藤的灭亡在我心灵中引起的痛苦，别人是无法理解的。

　　从此以后，我最爱的这一条幽径，我真有点怕走了。我不敢再看那一段悬在空中的古藤枯干，它真像吊死鬼一般，让我毛骨悚然。非走不行的时候，我就紧闭双眼，疾趋而过。心里数着数：一、二、三、四，一直数到十，我估摸已经走到了小桥的桥头上，吊死鬼不会看到了，我才睁开眼走向前去。此时，我简直是悲哀至极，哪里还有什么闲情逸致来欣赏幽径的情趣呢？

但是，这也不行。眼睛虽闭，但耳朵是关不住的。我隐隐约约听到古藤的哭泣声，细如蚊蝇，却依稀可辨。它在控诉无端被人杀害。它在这里已经待了二三百年，同它所依附的大树一向和睦相处。它虽阅尽人间沧桑，却从无害人之意。每到春天，就以自己的花朵为人间增添美丽。焉知一旦毁于愚氓之手。它感到万分委屈，又投诉无门。它的灵魂死守在这里。每到月白风清之夜，它会走出来显圣的。在大白天，只能偷偷地哭泣。山头的群树、池中的荷花是对它深表同情的，然而又受到自然的约束，寸步难行，只能无言相对。在茫茫人世中，人们争名于朝，争利于市，哪里有闲心来关怀一棵古藤的生死呢？于是，它只有哭泣，哭泣，哭泣……

世界上像我这样没有出息的人，大概是不多的。古藤的哭泣声恐旧只有我一个能听到。在浩茫无际的大千世界上，在林林总总的植物中，燕园的这一棵古藤，实在渺小得不能再渺小了。你倘若问一个燕园中人，绝不会有任何人注意到这一棵古藤的存在的，绝不会有任何人关心它的死亡的，绝不会有任何人为之伤心的。偏偏出了我这样一个人，偏偏让我住到这个地方，偏偏让我天天走这一条幽径，偏偏又发生了这样一个小小的悲剧；所有这一些偶然性都集中在一起，压到了我的身上。我自己的性格制造成的这一个十字架。只有我自己来背了。奈何，奈何！

但是，我愿意把这个十字架背下去，永远永远地背下去。

一九九二年九月十三日

# 黄 昏

黄昏是神秘的,只要人们能多活下去一天,在这一天的末尾,他们便有个黄昏。但是,年滚着年,月滚着月,他们活下去。有数不清的天,也就有数不清的黄昏。我要问:有几个人觉到这黄昏的存在呢?

早晨,当残梦从枕边飞去的时候,他们醒转来,开始去走一天的路。他们走着,走着,走到正午,路陡然转了下去。仿佛只一溜,就溜到一天的末尾,当他们看到远处弥漫着白茫茫的烟,树梢上淡淡涂上了一层金黄色,一群群的暮鸦驮着日色飞回来的时候，仿佛有什么东西轻轻地压在他们心头。他们知道：夜来了。他们渴望着静息，渴望着梦的来临。不久，薄冥的夜色糊了他们的眼，也糊了他们的心。他们在低矮的小屋里忙乱着，把黄昏关在门外。倘若有人问：你看到黄昏了没有？黄昏真美啊。他们却茫然了。

他们怎能不茫然呢？当他们再从屋里探出头来寻找黄昏的时候，黄昏早随着白茫茫的烟的消失，树梢上金黄色的消失，鸦背上日色的消失而消失了。只剩下朦胧的夜。这黄昏，像一个春宵的轻梦，不知在什么时候漫了来，在他们心上一掠，又不知在什么时候去了。

黄昏走了。走到哪里去了呢？——不，我先问：黄昏从哪里来的呢？这我说不清。又有谁说得清呢？我不能够抓住一把黄昏，问它到底。从东方么？东方是太阳出来的地方。从西方么？西方不正亮着红霞么？从南方么？南方只充满了光和热。看来只有说从北方来的最适宜了。倘若我们想了开去，想到北方的极北端，是北冰洋和北极，我们可以在想象里描画出：白茫茫的天地，白茫茫的雪原，和白茫茫的冰山。再往北，在白茫茫的天边上，分不清哪是天，是地，是冰，是雪，只是朦胧的一片灰白。朦胧灰白的黄昏不正应当从这里蜕化出来么？

然而，蜕化出来了，却又扩散开去。漫过了大平原，大草原，留下了一层阴影；漫过了大森林，留下了一片阴郁的黑暗；漫过了小溪，把深灰的暮色融入琤琮的水声里，水面在阒静里透着微明；漫过了山顶，留给它们星的光和月的光；漫过了小村，留下了苍茫的暮烟……给每个墙角扯下了一片，给每个蜘蛛网网住了一把。以后，又漫过了寂寞的沙漠，来到我们的国土里。我能想象：倘若我迎着黄昏站在沙漠里，我一定能看着黄昏从辽远的天边跑了来，像——像什么呢？是不是应当像一阵灰蒙的白雾？或者像一片扩散的云影？跑了来，仍然只是留下一片阴影，又跑了去，来到我们的国土里，随了弥漫在远处的白茫茫的烟，随了树梢上的淡淡的金黄色，也随了暮鸦背上的日色，轻轻地落在人们的心头，又被人们关在门外了。

但是，在门外，它却不管人们关心不关心，寂寞地，冷落地，替他们安排好了一个幻变的又充满了诗意的童话般的世界，朦胧、微明，正像反射在镜子里的影子，它给一切东西涂上银灰的梦的色彩。牛乳色的空气仿佛真牛乳似的凝结起来，但似乎又在软软地黏黏地浓浓地流动。它带来了阒静，你听：一切静静的，像下着大雪的中夜。但是死寂么？却并不，再比现在沉默一点儿，也会变成坟墓般的死寂。仿佛一点儿也不多，一点儿也不少，优美的轻适的阒静软软地黏黏地浓浓地压在人们的心头，灰的天空像一张薄幕；树木，房屋，烟纹，云缕，都像一张张的剪影，静静地贴在这幕上。这里，那里，点缀着晚霞的紫曛和小星的冷光。黄昏真像一首诗，一支歌，一篇童话；像一片月明楼上传来的悠扬的笛声；像一声缭绕在长空里亮唳的鹤鸣；像陈了几十年的绍酒；像一切美到说不出来的东西。说不出来，只能去看；看之不足，只能意会；意会之不足，只能赞叹——然而却终于给人们关在门外了。

给人们关在门外，是我这样说么？我要小心，因为所谓人们，不是一切人们，也决不会是一切人们的。我在童年的时候，就常常待在天井里等候黄昏的来临。我这样说，并不是想表明我比别人强。意思很简单，就是：别人不去，也或者是不愿意去这样做。我（自然也还有别人）适逢其会地常常这样做而已。常常在夏天里，我坐在很矮的小凳上，看墙角里渐渐暗了下来，四周的白墙上也布上了一层淡淡的黑影。在幽暗里，夜来香的花香一阵阵地沁入我的心里。天空里飞着蝙蝠。檐角上的蜘蛛网，映着灰白的天空，在朦胧里，还可以数出网上的线条和粘在上面的蚊子和苍蝇的尸体。在不经意的时候蓦地再一抬头，暗灰的天空里已经嵌上闪着眼的小星了。在冬天，天井里满铺着白雪。我蜷伏在屋里。当我看到白的窗纸渐渐灰了起来，炉子里在白天里看不出颜色来的火焰渐渐红起来、亮起来的时候，我也会知道：这是黄昏了。我从风门的缝里望出去：灰白的天空，灰白的盖着雪的屋顶。半弯惨淡的凉月印在天上，虽然有点儿凄凉，但仍然掩不了黄昏的美丽。这时，连常常坐在天井里等着它来临的人也不得不蜷伏在屋里。只剩了灰蒙的雪色伴了它在冷清的门外，这幻变的朦胧的世界造给谁看呢？黄昏不觉得寂寞么？

但是寂寞也延长不了多久，黄昏仍然要走的。李商隐的诗说："夕阳无限好，只是近黄昏。"诗人不正慨叹黄昏的不能久留吗？它也真的不能久留，一瞬眼，这黄昏，像一个轻梦，只在人们心上一掠，留下黑暗的夜，带着它的寂寞走了。

走了，真的走了。现在再让我问：黄昏走到哪里去了呢？这我不比知道它从哪里来的更清楚。我也不能抓住黄昏的尾巴，问它到底。但是，推想起来，从北方来的应该到南方去了吧。谁说不是到南方去了呢？我看到它怎样走的了——漫过了南墙，漫过了南边那座小山，那片树林；漫过了美丽的南国，一直到辽阔的非洲。非洲有耸峭的峻岭，岭上有深邃的亘古苍暗的大森林。再想下去，森林里有老虎——老虎？黄昏来了，在白天里只呈露着淡绿的暗光的眼睛该亮起来了吧。像不像两盏灯呢？森林里还该有莽苍葳蕤的野草，比人高。草里有狮子，有大蚊子，有大蜘蛛，也该有蝙蝠，比平常的蝙蝠大。夕阳的余晖从树叶的稀薄处，透过了架在树枝上的蜘蛛网，漏了进来，一条条灿烂的金光，照耀得全林子里都发着棕红色，合了草底下毒蛇吐出来的毒气，幻成五色绚烂的彩雾。也该有萤火虫吧，现在一闪一闪地亮起来了。也该有花；但似乎不应该是夜来香或晚香玉。是什么呢？是一切毒艳的恶之花。在毒气里，不正应该产生恶之花吗？这花的香慢慢融入棕红色的空气里，融入绚烂的彩雾里。搅乱成一团，滚成一团暖烘烘的热气。然而，不久这热气就给微明的夜色消融了。只剩一闪一闪的萤火虫，现在渐渐地更亮了。老虎的眼睛更像两盏灯了，在静默里瞅着暗灰的天空里才露面的星星。

然而，在这里，黄昏仍然要走的。再走到哪里去呢？这却真的没人知道了——随了淡白的稀疏的冷月的清光爬上暗沉沉的天空里去么？随了眨着眼的小星爬上了天河么？压在蝙蝠的翅膀上钻进了屋檐么？随了西天的晕红消融在远山的后面么？这又有谁能明白地知道呢？我们知道的，只是：它走了，带了它的寂寞和美丽走了，像一丝微飔，像一个春宵的轻梦。

是了——现在，现在我再有什么可问呢？等候明天么？明天来了，又明天，又明天。当人们看到远处弥漫着白茫茫的烟，树梢上淡淡涂上了一层金黄色，一群群的暮鸦驮着日色飞回来的时候，又仿佛有什么东西压在他们的心头，他们又渴望着梦的来临。把门关上了。关在门外的仍然是黄昏。当他们再伸出头来找的时候,黄昏早已走了。从北冰洋跑了来,一过路,到非洲森林里去了。再到,再到哪里,谁知道呢?然而夜来了,漫长的漆黑的夜。闪着星光和月光的夜,浮动着暗香的夜……只是夜,长长的夜,夜永远也不完,黄昏呢?——黄昏是永远不存在人们的心里的。只一掠,走了,像一个春宵的轻梦。

一九三四年一月四日

# 富春江上

记得在什么诗话上读到过两句诗：

> 到江吴地尽，
> 隔岸越山多。

诗话的作者认为是警句，我也认为是警句。但是当时我却只能欣赏诗句的意境，而没有丝毫感性认识。不意我今天竟亲身来到了钱塘江畔富春江上。极目一望，江水平阔，浩渺如海；隔岸青螺数点，微痕一抹，出没于烟雨迷蒙中。"隔岸越山多"的意境我终于亲临目睹了。

钱塘、富春都是具有诱惑力的名字。实际的情况比名字更有诱惑力。我们坐在一艘游艇上。江水青碧，水声淙淙。艇上偶见白鸥飞过，远处则是点点风帆。黑色的小燕子在起伏翻腾的碎波上贴水面飞行，似乎是在努力寻觅着什么。我虽努力探究，但也只见它们忙忙碌碌，匆匆促促，最终也探究不出，它们究竟在寻觅什么。岸上则是点点的越山，飞也似的向艇后奔。一点消逝了，又出现了新的一点，数十里连绵不断。难道诗句中的"多"字表现的就是这个意境吗？

眼中看到的虽然是当前的景色，但心中想到的却是历史的人物。谁到了这个吴越分界的地方不会立刻就想到古代的吴王夫差和越王勾践的冲突呢？当年他们钩心斗角互相角逐的情景，今天我们已经无从想象了。但是乱箭齐发、金鼓轰鸣的搏斗总归是有的。这种鏖兵的情况无论如何同这样的青山绿水也不能协调起来。人世变幻，今古皆然。在人类前进的征途上，这些都是不可避免的。但青山绿水却将永在。我们今天大可不必庸人自扰，为古人担忧，还是欣赏眼前的美景吧!

但是,我的幻想却不肯停止下来。我心头的幻想,一下子又变成了眼前的幻象。我的耳边响起了诗僧苏曼殊的两句诗:

> 春雨楼头尺八箫,
> 何时归看浙江潮。

这里不正是浙江钱塘潮的老家吗?我平生还没有看到浙江潮的福气。这两句诗我却是喜欢的,常常在无意中独自吟咏。今天来到钱塘江上,这两句诗仿佛是自己来到了我的耳边。耳边诗句一响,眼前潮水就涌了起来:

> 怒声汹汹势悠悠,
> 罗刹江边地欲浮。
> 漫道往来存大信,
> 也知反覆向平流。
> 狂抛巨浸疑无底,

猛过西陵似有头。

至竟朝昏谁主掌，

好骑赬鲤问阳侯。

但是，幻象毕竟只是幻象。一转瞬间，"怒声汹汹"的江涛就消逝得无影无踪，眼前江水平阔，浩渺如海，隔岸青螺数点，微痕一抹，出没于烟雨迷蒙中。

可是竟完全出我意料：在平阔的水面上，在点点青螺上，竟又出现了一个人的影子。它飘浮飞驶，"翩若惊鸿，宛如游龙"，时隐时现，若即若离，追逐着海鸥的翅膀，跟随着小燕子的身影，停留在风帆顶上，飘动在波光潋滟中。我真是又惊又喜。"胡为乎来哉？"难道因为这里是你的家乡才出来欢迎我吗？我想抓住它；这当然是不可能的。我想正眼仔细看它一看；这也是不可能的。但它又不肯离开我，我又不能不看它。这真使我又是兴奋，又是沮丧；又是希望它飞近一点儿，又是希望它离远一点儿。我在徒唤奈何中看到它飘浮飞动，定睛敛神，只看到青螺数点，微痕一抹，出没于烟雨迷蒙中。

我们就这样到了富阳。这是我们今天艇游的终点。我们舍舟登陆，爬上了有名的鹳山。山虽不高，但形势极好。山上层楼叠阁，曲径通幽，花木扶疏，窗明几净。我们登上了春江第一楼，凭窗远望，富春江景色尽收眼底。因为高，点点风帆显得更小了，而水上的小燕子则小得无影无踪。想它们必然是仍然忙忙碌碌地在那里飞着，可惜我们一点儿也看不着，只能在这里想象了。山顶上树木参天，森然苍蔚。最使我吃惊的是参天的玉兰花树。碗大的白花在绿叶丛中探出头来，同北地的玉兰花一比，小大悬殊，颇使我这个北方人有点儿目瞪口呆了。

在山边上一座石壁下是名闻天下的严子陵钓台。宋朝大诗人苏东坡写的四个大字：登云钧月，赫然镌刻在石壁上。此地距江面相当远，钓鱼无论如何是钓不着的。遥想两千多年前，一个披着蓑衣的老头子，手持几十丈长的钓竿，垂着几十丈长的钓丝，孤零零一个人，蹲在这石壁下，等候鱼儿上钩，一动也不动，宛如一个木雕泥塑。这样一幅景象，无论如何也难免有滑稽之感。古人说：姑妄言之姑听之，过分认真，反会大煞风景。难道宋朝的苏东坡就真正相信吗？此地自然风光，天下独绝，有此一个传说，更会增加自然风光的妩媚，我们就姑妄听之吧！

两年前，我曾畅游黄山。那里景色之绮丽瑰伟，使我大为惊叹。窃念大化造物，天造地设，独垂青于中华大地。我觉得生为一个中国人，是十分幸福的，是非常值得骄傲的。今天我又来到了富春江上。这里景色明丽，秀色天成，同样是美，但却与黄山形成了鲜明的对照。如果允许我借用一个现成的说法的话，那么，一个是阳刚之美，一个是阴柔之美。刚柔不同，其美则一，同样使我惊叹。我们祖国大地，江山如此多娇，我的幸福之感，骄傲之感，便油然而生。我眼前的富春江在我眼中更增加了明丽，更增加了妩媚，仿佛是一条天上的神江了。

在这里，我忽然想到唐代诗人孟浩然的一首著名的诗：《宿桐庐江寄广陵旧游》：

　　　　山暝听猿愁，
　　　　沧江急夜流。
　　　　风鸣两岸叶，

月照一孤舟。
建德非吾土,
维扬忆旧游。
还将两行泪,
遥寄海西头。

孟浩然说"建德非吾土",在当时的情况下,这种心情是容易理解的。他忆念广陵,便觉得建德非吾土。到了今天,我们当然不会再有这样的感觉了。我觉得桐庐不但是"吾土",而且是"吾土"中的精华。同黄山一样,有这样的"吾土"就是幸福的根源。非吾土的感觉我是有过的。但那是在国外,比如说瑞士,那里的山水也是十分神奇动人的,我曾为之颠倒过,迷惑过。但一想到"山川信美非吾土",我就不禁有落寞之感。今天在富春江上,我丝毫也不会有什么落寞之感。正相反,我是越看越爱看,越爱看便越觉得幸福,在这风物如画的江上,我大有手舞足蹈之意了。

我当然也还感到有点儿美中不足。我从小就背诵梁代大文学家吴均的一篇名作《与宋元思书》。这封信里描绘的正是富春江的风景：

> 风烟俱净，天山共色。从流飘荡，任意东西。自富阳至桐庐，一百许里，奇山异水，天下独绝。

下面就是对这"奇山异水"的描绘，那确是非常动人的。然而他讲的是"自富阳至桐庐"，我今天刚刚到了富阳，便戛然而止，好像是一篇绝妙的文章，只读了一个开头。这难道不是天大的憾事吗？然而，这一件憾事也自有它的绝妙之处，妙在含蓄。我知道前面还有更绮丽的景色，偏偏今天就不让你看到。我望眼欲穿，向着桐庐的方向望去，根据吴均的描绘，再加上我自己的幻想，把那一百多里的奇山异水给自己描绘得如阆苑仙境，自己感到无比地快乐，我的心好像就在这些奇山异水上飞驰。等到我耳边听到有点儿嘈杂声，是同伴们准备回去的时候了。我抬眼四望，唯见青螺数点，微痕一抹，出没于烟雨迷蒙中。

一九八一年十二月九日

# 夜来香开花的时候

# 回　忆

　　回忆很不好说。究竟什么才算是回忆呢？我们时时刻刻沿了人生的路向前走着，时时刻刻有东西映入我们的眼里——即如现在吧，我一抬头就可以看到清浅的水在水仙花盆里反射的冷光，漫在水里的石子的晕红和翠绿，茶杯里残茶在软柔的灯光下照出的几点金星。但是，一转眼，眼前的这一切，早跳入我的意想里，成轻烟，成细雾，成淡淡的影子，再看起来，想起来，说起来的话，就算是我的回忆了。

只说眼前这一步，只有这一点儿淡淡的影子，自然是迷离的。但是我自从踏到世界上来，走过不知多少的路。回望过去的茫茫里，有着我的足迹叠成的一条白线，一直引到现在，而且还要引上去。我走过都市的路，看尘烟缭绕在栉比的高屋的顶上。我走过乡村的路，看似水的流云笼罩着远村，看金海似的麦浪。我走过其他许许多多的路，看红的梅，白的雪，激溅的流水，十里稷稷的松壑，死人的蜡黄的面色，小孩充满了生命力的踊跃。我在一条路上接触到种种的面影，熟悉的，不熟悉的。这一切的一切都在我走着的时候，蓦地成轻烟，成细雾，成淡淡的影子，储在我的回忆里。有的也就被埋在回忆的暗陬里，忘了。当我转向另一条路的时候，随时又有新的东西，另有一群面影凑集在我的眼前。蓦地又成轻烟，成细雾，成淡淡的影子。移入我的回忆里，自然也有的被埋在暗陬里，忘了。新的影子挤入来，又有旧的被挤到不知什么地方去幻灭，有的简直就被挤了出去。以后，当另一群更新的影子挤进来的时候，这新的也就追踪了旧的命运。就这样，挤出，挤进，一直到现在。我的回忆里残留着各样的影子、色彩，分不清先先后后，紊混成一团了。

  我就带着这紊混的一团从过去的茫茫里走上来。现在抬头就可以看到水仙花盆里反射的水的冷光，水里石子的晕红和翠绿，残茶在灯下照出的几点金星。自然，前面已经说过，这些都要候地变成影子，移入回忆里，移入这紊混的一团里，但是在未移入以前，这紊混的一团影子说不定就在我的脑里浮动起来，我就自然陷入回忆里去了——陷入回忆里去，其实是很不费力的事；我面对着当前的事物。不知怎的，迷离里忽然电光似的一掣，立刻有灰蒙蒙的一片展开在我的意想里，仿佛是空空的，没有什么，但随便我想到曾经见过的什么，立刻便有影子浮现出来。跟着来的还不止一个影子，两个，三个，多了，更多了。影子在穿梭，在紊混。又仿佛电光似的一掣，我又顺着一条线回忆下去——比如回忆到故乡里的秋吧。先仿佛看到满场里乱摊着的谷子，黄黄的。再看到左右摆动的老牛的头，漂浮着云烟的田野，屋后银白的一片秋芦。再沉一下心，还仿佛能听到老牛的喘气，柳树顶蝉的曳长了的鸣声。豆荚在日光下毕剥的炸裂声。蓦地，有如阴云漫过了田野，只在我的意想里一晃，在故乡里的这些秋的影子上面，又挤进来别的影子了——红的梅，白的雪，潋滟的流水，十里稷稷的松壑，死人的蜡黄的面色，小孩充满了生命力的踊跃。同时，老牛的影，芦花的影，田野的影，也站在我的心里的一个角隅里。这许多的影子掩映着，混起来。我再不能顺着刚才的那条线想下去。又有许多别的历乱的影子在我的意念里跳动，如电光火石，炫了我的眼睛。终于，我一无所见，一无所忆。仍然展开了灰蒙蒙的一片，空空的，什么也没有。我的回忆也就停止了。

我的回忆停止了，但是决不能就这样停止下去。我仍然说，我们时时刻刻沿着人生的路向前走着，时时刻刻就有回忆萦绕着我们——再说到现在吧。灯光平流到我面前的桌上，书页映出了参差的黑影。看到这黑影，我立刻想到在过去不知什么时候看过的远山的淡影。玻璃杯反射着清光。看了这清光，我立刻想到月明下千里的积雪。我正写着字，看了这一颗颗的字，也使我想到阶下的蚁群……倘若再沉一下心，我可以想到过去在某处见过这样的山的淡影。在另一个地方也见过这样的影子，纷纷的一团。于是想了开去，想到同这影子差不多的影子，纷纷的一团。于是又想了开去，仍然是纷纷的一团影子。但是同这山的淡影，同这书页映出的参差的黑影却没有一点儿关系了。这些影子还没幻灭的时候，又有别的影子隐现在它们后面，朦胧，暗淡，有着各样的色彩。再往里看，又有一层影子隐现在这些影子后面，更朦胧，更暗淡，色彩也更繁复……一层，一层，看上去，没有完。越远越暗淡了下去。到最后，只剩那么一点儿绰绰的形象。就这样，在我的回忆里，一层一层地，这许许多多的影子、色彩，分不清先先后后，又萦混成一团了。

　　我仍然带了这萦混的一团影走上去。倘若要问：这些影子都在什么地方呢？我却说不清了。往往是这样，一闭眼，先是暗冥冥的一片，再一看，里面就有影子。但再问：这暗冥冥的一片在什么地方呢？恐怕只有天知道吧。当我注视着一件东西发愣的时候，这些影子往往就叠在我眼前的东西上。在不经意的时候，我常把母亲的面影叠在茶杯上。把忘记在什么时候看到的一条长长的伸到水里去的小路叠在 Holderlin 的全集上，把一树灿烂的海棠花叠在盛着花的土盆上,把大明湖里的塔影叠在桌上铺着的晶莹的清玻璃上,把晚秋黄昏的一天暮鸦叠在墙角的蜘蛛网上,把夏天里烈日下的火红的花团叠在窗外草地上平铺着的白雪上……然而,只要一经意,这些影子立刻又水纹似的幻化开去。同了这茶杯的,这 Holderlin 全集的,这土盆的,这清玻璃的,这蜘蛛网的,这白雪的。影子跳入我们的回忆里,在将来的不知什么时候,又要叠在另一些放在我眼前的东西上了。

将来还没有来,而且也不好说。但是,我们眼前的路不正引向将来去吗?我看过了清浅的水在水仙花盆里反射的冷光,映在水里的石子的晕红和翠绿,残茶在软柔的灯光下照出的那几点金星。也看过了茶杯、Holderlin 全集、土盆、清玻璃、蜘蛛网、白雪,第二天我自然看到另一些新的东西。第三天我自然看到另一些更新的东西。第四天,第五天……看到的东西多起来。这些东西都要倏地成轻烟,成细雾,成淡淡的影子,储在我的回忆里吧。这一团萦混的影子,也要更萦混了。等我不能再走,不能再看的时候,这一团也要随了我走应当走的最后的路。然而这时候,我却将一无所见,一无所忆。这一团影子幻失到什么地方去了呢?随了大明湖里的倒影漂散到迷茫里去了吗?随了远山的淡霭被吸入金色的黄昏里去了吗?说不清,而且也不必说——反正我有过回忆了。我还希望什么呢?

一九三四年一月十四日

# 寻 梦

夜里梦到母亲,我哭着醒来。醒来再想捉住这梦的时候,梦却早不知道飞到什么地方去了。

我瞪大了眼睛看着黑暗,一直看到只觉得自己的眼睛在发亮。眼前飞动着梦的碎片,但当我想到把这些梦的碎片捉起来凑成一个整个的时候,连碎片也不知道飞到什么地方去了,眼前剩下的只有母亲依稀的面影……

在梦里向我走来的就是这面影。我只记得,当这面影才出现的时候,四周灰蒙蒙的,母亲仿佛从云堆里走下来,脸上的表情有点儿同平常不一样，像笑，又像哭，但终于向我走来了。

　　我是在什么地方呢？这连我自己也有点儿弄不清楚。最初我觉得自己是在现在住的屋子里。母亲就这样一推屋角上的小门，走了进来，橘黄色的电灯罩的穗子就罩在母亲头上。于是我又想了开去，想到哥廷根的全城：我每天去上课走过的两旁有惊人的粗的橡树的古旧的城墙，斑驳陆离的灰黑色的老教堂，教堂顶上的高得有点儿古怪的尖塔，尖塔上面的晴空。然而，我的眼前一闪，立刻闪出一片芦苇，芦苇的稀薄处还隐隐约约地射出了水的清光。这是故乡屋后面的大苇坑。于是我立刻感觉到，不但我自己是在这苇坑的边上，连母亲的面影也是在这苇坑的边上向我走来了。我又想到，当我童年还没有离开故乡的时候，每个夏天的早晨，天还没亮，我就起来，沿了这苇坑走去，很小心地向水里面看着。当我看到暗黑的水面下有什么东西在发着白亮的时候，我伸下手去一摸，是一只白而且大的鸭蛋。我写不出当时快乐的心情。这时再抬头看，往往可以看到对岸空地里的大杨树顶上正有一轮淡红的朝阳——两年前的一个秋天,母亲就静卧在这杨树的下面,永远地,永远地。现在又在靠近杨树的坑旁看到她生前八年没见面的儿子了。

但随了这苇坑闪出的却是一枝白色灯笼似的小花,而且就在母亲的手里。我真想不出故乡里什么地方有过这样的花。我终于又想了回来,想到哥廷根,想到现在住的屋子,屋子正中的桌子上两天前房东曾给摆上这样一瓶花。那么,母亲毕竟是到哥廷根来过了,梦里的我也毕竟在哥廷根见过母亲了。

想来想去,眼前的影子渐渐乱了起来。教堂尖塔的影子套上了故乡的大苇坑,在这不远的后面又现出一朵朵灯笼似的白花,在这一些的前面若隐若现的是母亲的面影。我终于也不知道究竟在什么地方看到母亲了。我努力压住思绪,使自己的心静了下来,窗外立刻传来潺潺的雨声,枕上也觉得微微有寒意。我起来拉开窗幔,一缕清光透进来。我向外怅望,希望发现母亲的足迹。但看到的却是每天看到的那一排窗户,现在都沉浸在静寂中,里面的梦该是甜蜜的吧!

但我的梦却早飞得连影都没有了，只在心头有一线白色的微痕，蜿蜒出去，从这异域的小城一直到故乡大杨树下母亲的墓边；还在暗暗地替母亲担着心：这样的雨夜怎能跋涉这样长的路来看自己的儿子呢？此外，眼前只是一片空漾，什么东西也看不到了。

天哪！连一个清清楚楚的梦都不给我吗？我怅望灰天，在泪光里，幻出母亲的面影。

一九三六年七月十一日于哥廷根

# 两个小孩子

我喜欢小孩；但我不说那一句美丽到俗不可耐程度的话：小孩子是祖国的花朵。我喜欢就是喜欢，我曾写过《三个小女孩》，现在又写《两个小孩子》。

两个小孩子都姓杨，是叔伯姐弟。姐姐叫秋菊，六岁；弟弟叫秋红，两岁。他们的祖母带着秋菊的父母，从河北某县的一个农村里，到北大来打工，当家庭助理，扫马路，清除垃圾。垃圾和马路都清除得一干二净，受到这一带居民的赞扬。

去年秋天的一天，我同我们的保姆小张出门散步，门口停着一辆清扫垃圾的车,一个小女孩在车架和车把上盘旋攀登,片刻不停。她那一双黑亮的吊角眼,透露着动人的灵气。我们都觉得这小孩异常可爱,便搭讪着同她说话。她毫不腼腆,边攀登,边同我们说话,有问必答。我们回家拿月饼给她吃,她的手接了过去,咬了一口,便不再吃,似乎不太合口味。旁边一个青年男子,用簸箕把树叶和垃圾装入拖车的木箱里,看样子就是小女孩的父亲了。

从此我们似乎就成了朋友。

我们天天出去散步,十次有八次碰上这个小女孩,我们问她叫什么名,她说:"叫秋菊。"有时候秋菊见我们走来,从老远处就飞跑过来,欢迎我们。她总爱围着小张绕圈子转,我们问她为什么,她只嘿嘿地笑,什么话也不说,仍然围着小张绕圈子不停,两只吊角眼明亮闪光,满脸顽皮的神气。

秋菊对她家里人的工作情况和所得的工资了若指掌。她说,爸爸在勺园值夜班,冬天烧锅炉,白天到朗润园来清掏垃圾,用板车运送,倒入垃圾桶中。奶奶服侍一个退休教师,做饭,洗衣服,打扫卫生。妈妈在一家当保姆,顺便扫扫马路。这些事大概都是大人闲聊时说出来的。她从旁边听到，记在心中。她同奶奶住在一间屋里，早餐吃方便面，还有包子什么的。奶奶照顾她显然很好，她那红润丰满的双颊就足以证明。秋菊是一个幸福的孩子。

我们出来散步，也有偶尔碰不到秋菊的时候，此时我们真有点惘然若有所失。有时候，我们走到她奶奶住房的窗外，喊着秋菊的名字。在我们不注意间，她像一只小鹿连蹦带跳地从屋里跑了出来，又围着小张绕开了圈子，两只吊角眼明亮闪光，满脸顽皮的神气。

有一天，我们问秋菊愿意吃什么东西。她说，她最喜欢吃带木棍的糖球。我们问：

"把你卖了行不行？"

"行！卖了我吃糖球。"

"把你爸爸卖了行不行？"

"行！卖了爸爸吃饼干。"

"把你妈卖了行不行？"

"行！卖了俺妈吃香蕉。"

"把你奶奶卖了行不行？"

我们正恭候她说卖了奶奶吃什么哩，她却说：

"奶奶没有人要!"

我们先是一惊,后来便放声大笑。秋菊也嘿嘿地笑个不停。她显然是了解这一句话的含义的。两只吊角大眼更明亮闪光,满脸顽皮的神气。

今年春天,一连几天没有碰到秋菊。我感到事情有点蹊跷。问她奶奶,才知道,秋菊已经被送回原籍去上小学了。我同小张有什么办法呢?我们都颇有点儿黯然神伤的滋味。从今以后,再不会有一个活蹦乱跳的小女孩绕着小张转圈了。

过了不久,我同小张又在秋菊奶奶主人的门前碰到这一位老妇人。她主人的轮椅的轱辘撒了气,我们帮她把气儿打上。旁边站着一个极小的男孩,一问才知道他叫秋红,两岁半,是秋菊的堂弟。小孩长的不是吊角眼,而是平平常常的眼睛,可也是灵动明亮,黑眼球仿佛特别大而黑,全身透着一股灵气。小孩也一点儿不腼腆,我们同他说话,他高声说:"爷爷好!阿姨好!"原来是秋菊走了以后,奶奶把他接来做伴的。

从此我们又有了一个小伙伴。

但是,秋红毕竟太小了,不能像秋菊那样走很远的路。

可是，不管他同什么小孩玩，一见到我们，从老远就高呼："爷爷好！阿姨好！"铜铃般的童声带给我们极大的愉快。

有一天，我同小张散步倦了，坐在秋红奶奶屋旁的长椅子上休息。此时水波不兴，湖光潋滟，杨柳垂丝，绿荷滴翠，我们顾而乐之，仿佛羽化登仙，遗世独立了。冷不防，小秋红从后面跑了过来，想跟我们玩儿。我们逗他跳舞，他真的把小腿一蹬，小胳膊一举，蹦跳起来。在舞蹈家眼中，这可能是非常幼稚可笑的，可是那一种天真无邪的模样，世界上哪一个舞蹈家能够有呢？我们又逗他唱歌。他毫不推辞，张开小嘴，边舞蹈，边哼唧起来。最初我们听不清他唱的是什么，经过几次重复，我才听出来，他唱的竟是李白的"床前明月光，疑是地上霜。举头望明月，低头思故乡"。我不禁大为惊叹：一个仅仅两岁半的乡村儿童竟能歌唱唐代大诗人李白的名篇，这情况谁能想象得到呢？

又有一天，我同小张出去散步，坐在平常坐的椅子上，小秋红又找我们来了。我们又让他唱歌跳舞。他恭恭敬敬地站在我们面前，先鞠了一大躬，然后又唱又舞，有时候竟用脚尖着地，作芭蕾舞状。舞蹈完毕，高声说："大家好！"

仪式完毕。这一套仪式，我猜想，是他在家乡看歌舞演出时观察到的。那时他恐怕还不到两岁，至多两岁出头。又有一次，我们坐在椅子上，小秋红又跑过来了，嘴里喊着："爷爷好！阿姨好！"小张教他背诵：

锄禾日当午，
汗滴禾下土。
谁知盘中餐，
粒粒皆辛苦。

小张只念了一遍，秋红就能够背诵出来。这真让我大大地吃了一惊。古人说"过目成诵"，眼前这个两岁半的孩子是"过耳成诵"。一个仅仅两岁半的乡村儿童能达到这个水平，谁能不吃惊呢？相传唐代大诗人白居易三岁识"之""无"，千古传为美谈。如今这个仅仅两岁半的孩子在哪一方面比白居易逊色呢？

中国是世界上的诗词大国，篇章之多，质量之高，宇内实罕有其俦。我国一向有利用诗词陶冶性灵、提高人品的传统，用今天的话来说就是提高人文素质。然而，由于种种原因，近半个世纪以来，此道不畅久矣。最近国家领导人以及有识之士，大力提倡背诵诗词以提高审美能力，加强人文素质，达到让青年和国民能够完美全面地发展的目的，这会大大有利于祖国的建设事业。我原以为这是一件比较困难、需要长期努力的工作，我哪里会想到于无意间竟在一个才两岁半的农村小孩子身上看到了曙光，看到了光辉灿烂的未来，我不禁狂喜，真要手之舞之足之蹈之了。

秋红到二十一世纪不过才到三岁，二十一世纪是他们的世纪。如果全国农村和城市的小孩子都能像秋红这样从小就享有提高人文素质教育的机会，我们祖国的前途真可以预卜了。我希望新闻界的朋友们能闻风而动，到秋红的农村里去采访一次。我相信，他们决不会空手而归的。

现在，不像秋菊那样杳如黄鹤，秋红还在我的眼前。我每天半小时的散步就成了一天最幸福的时刻，特别是在碰到秋红的时候。

一九九九年七月二十七日

## 附：关于《两个小孩子》的一点纠正

最近我写了一篇叙事散文《两个小孩子》，发表于一九九九年十月十六日。其中我提到白居易三岁识"之""无"。蒙《海口晚报》的张竺夫先生来函指正，说在白居易的《与元九书》中说到自己在生后六七个月就能认识"无""之"两字。对张先生的厚爱，我十分感激。

《与元九书》这篇文章，我依稀读过；但印象不深。后来不知道在一本什么笔记里读到白居易三岁识"之""无"的说法，印象独深。现在才知道是错了。不然我哪会有发明"白居易识'之''无'"的天才呢？张先生提出纠正，对我来说是改正了错误，增加了见识；对读者来说是得到了正确的信息。有百利而无一害。

但是，我不想改变原文。古人说："君子之过也，如日月之蚀，人皆见之。"我不想偷偷摸摸地改得毫无错误的痕迹。我一向不悔少作，也不改我的文章。就在今年春夏之交，我写过一篇《站在胡适之先生墓前》的随笔，一开头，我的记忆就出了毛病，把事情记错了；但是，我仍然不改，只加上了一条"附记"，算是对读者负责。如果允许我援引一个先例的话，我就援引鲁迅先生的例子。在他的名著《阿Q正传》第一章序中，他写道：

虽然英国正史上并无"博徒列传"，而文豪迭更司也做过《博徒别传》这一部书。

这一篇小说是一九二一年创作的，一直到一九二六年，五年以后了，鲁迅才在致韦素园的信中写道：

《博徒别传》是 Rodney Stone 的译名，但是 C.Dogle 做的。《阿Q正传》中说是迭更司作，乃是我误记。

可是，对这一篇流传世界，誉满士林的作品，鲁迅并没有加以修改。鲁迅的动机何在？我不敢妄加推测。我也并不是有意效颦，我的想法已如上述，不再重复。我只是想，当年如果有博学如张先生者，则必不致错误拖了五年才得到改正。

张先生信中还有几句话:"而两岁半能背几句唐诗,无论是从古还是至今,都是很寻常的事。"这几句话我是无法赞成的。我行年九十,走遍了大半个世界,一个从僻远乡村出生的、一个字也不识的、仅仅两岁半的孩子能背唐诗,我还是第一次遇到。张先生竟说是"很寻常的事",难道我们经历的是两个世界吗?名门大家,书香门第或者可能有个别处,但是,我还没有见到过。我一辈子滥竽知识分子群中,也没有遇到过。因此,"秋红现象",我认为还是值得重视的。我那一篇文章的最后一段,我不想改动。

一九九九年十月二十八日

# 我的童年

回忆起自己的童年来,眼前没有红,没有绿,是一片灰黄。

七十多年前的中国,刚刚推翻了清代的统治,神州大地,一片混乱,一片黑暗。我最早的关于政治的回忆,就是"朝廷"二字,当时的乡下人管当皇帝叫坐朝廷,于是"朝廷"二字就成了皇帝的别名。我总以为朝廷这种东西似乎不是人,而是有极大权力的玩意儿。乡下人一提到它,好像都肃然起敬。我当然更是如此。总之,当时皇威犹在,旧习未除,是大清帝国的继续，毫无万象更新之象。

我就是在这新旧交替的时刻，于一九一一年八月六日，生于山东省清平县（现改临清市）的一个小村庄——官庄。当时全中国的经济形势是南方富而山东（也包括北方其他省份）穷。专就山东论，是东部富而西部穷。我们县在山东西部又是最穷的县，我们村在穷县中是最穷的村，而我们家在全村中又是最穷的家。

我们家据说并不是一向如此。在我诞生前似乎也曾有过比较好的日子。可是我降生时祖父、祖母都已去世。我父亲的亲兄弟共有三人，最小的一个（大排行是第十一，我们把他叫十一叔）送给了别人，改了姓。我父亲同另外的一个弟弟（九叔）孤苦伶仃，相依为命，房无一间，地无一垄，两个无父无母的孤儿，活下去是什么滋味，活着是多么困难。概可想见。他们的堂伯父是一个举人，是方圆几十里最有学问的人物，做官做到一个什么县的教谕，也算是最大的官：他曾养育过我父亲和叔父，据说待他们很不错。可是家庭大，人多是非多。他们俩有几次饿得到枣林里去捡落到地上的干枣充饥，最后还被迫弃家（其实已经没了家）出走，兄弟俩逃到济南去谋生。"文化大革命"中我自己"跳出来"反对那一位臭名昭著的"第一张马列主义大字报"的作者，惹得她大发雌威，两次派人到我老家官庄去调查，一心一意要把我"打成"地主。老家的人告诉那几个"革命"小将，说如果开诉苦大会，季羡林是官庄的第一名诉苦者，他连贫农都不够。

我父亲和叔父到了济南以后，人地生疏，拉过洋车，扛过大件，当过警察，卖过苦力。叔父最终站住了脚。于是兄弟俩一商量，让我父亲回老家，叔父一个人留在济南挣钱，寄钱回家，供我的父亲过日子。

我出生以后，家境仍然是异常艰苦：一年吃白面的次数有限，平常只能吃红高粱面饼子；没有钱买盐，把盐碱地上的土扫起来，在锅煎煮水，腌咸菜，什么香油，根本见不到，一年到底，就吃这种咸菜。举人的太太，我管她叫奶奶，她很喜欢我。我三岁的时候，每天一睁眼，抬腿就往村里跑（我们家在村外），跑到奶奶跟前，只见她把手一卷，卷到肥大的袖子里面，手再伸出来的时候，就会有半个白面馒头拿在手中，递给我。我吃起来，仿佛是龙胆凤髓一般，我不知道天下还有比白面馒头更好吃的东西。这白面馒头是她的两个儿子(每家有几十亩地)特别孝敬她的。她喜欢我这个孙子，每天总省下半个，留给我吃。在长达几年的时间内，这是我每天最高的享受，最大的愉快。

大概到了四五岁的时候，对门住的宁大婶和宁大姑，每到夏秋收割庄稼的时候，总带我走出去老远到别人割过的地里去拾麦子或者豆子、谷子。一天辛勤之余，可以捡到一小篮麦穗或者谷穗。晚上回家，把篮子递给母亲，看样子她是非常欢喜的。有一年夏天，大概我拾的麦子比较多，她把麦粒磨成面粉，贴了一锅白面饼子。我大概是吃出味道来了，吃完了饭以后，我又偷了一块吃，让母亲看到了，赶着我要打。我当时是赤条条浑身一丝不挂，我逃到房后，往水坑里一跳。母亲没有法子下来捉我，我就站在水中把剩下的白面饼子尽情地享受了。

现在写这些事情还有什么意义呢？这些芝麻绿豆般的小事是不折不扣的身边琐事，使我终生受用不尽。它有时候能激励我前进，有时候能鼓舞我振作。我一直到今天对日常生活要求不高，对吃喝从不计较，难道同我小时候的这一些经历没有关系吗？我看到一些独生子女的父母那样溺爱子女也颇不以为然。儿童是祖国的花朵，花朵当然要爱护；但爱护要得法，否则无异是坑害子女。

不记得是从什么时候起我开始学着认字，大概也总在四岁到六岁之间。我的老师是马景功先生。现在我无论如何也记不起有什么类似私塾之类的场所，也记不起有什么《百家姓》《千字文》之类的书籍。我那一个家徒四壁的家就没有一本书，连带字的什么纸条子也没有见过。反正我总是认了几个字，否则哪里来的老师呢？马景功先生的存在是不能怀疑的。

虽然没有私塾，但是小伙伴是有的。我记得最清楚的有两个：一个叫杨狗，我前几年回家，才知道他的大名，他现在还活着，一字不识；另一个叫哑巴小（意思是哑巴的儿子），我到现在也没有弄清楚他姓甚名谁。我们三个天天在一起玩，洑水，打枣，捉知了，摸虾，不见不散，一天也不间断。后来听说哑巴小当了山大王，练就了一身蹿房越脊的惊人本领，能用手指抓住大庙的椽子，浑身悬空，围绕大殿走一周。有一次被捉住，是十冬腊月，赤身露体，浇上凉水，被捆起来，倒挂一夜，仍然能活着。据说他从来不到官庄来作案，"兔子不吃窝边草"，这是绿林英雄的义气。后来终于被捉杀掉。我每次想到这样一个光着屁股游玩的小伙伴竟成为这样一个"英雄"，就颇有骄傲之意。

我在故乡只待了六年，我能回忆起来的事情还多得很，但是我不想再写下去了。已经到了同我那一个一片灰黄的故乡告别的时候了。

我六岁那一年，是在春节前夕，公历可能已经是一九一七年，我离开父母，离开故乡，是叔父把我接到济南去的。叔父此时大概日子已经可以了。他兄弟俩只有我一个男孩子，想把我培养成人，将来能光大门楣，只有到济南去一条路。这可以说是我一生中最关键的一个转折点，否则我今天仍然会在故乡种地（如果我能活着的话）。这当然算是一件好事，但是好事也会有成为坏事的时候。"文化大革命"中间，我曾有几次想道：如果叔父不把我从故乡接到济南的话，我总能过一个浑浑噩噩但却舒舒服服的日子，哪能被"革命家"打倒在地，身上踏上一千只脚还要永世不得翻身呢？呜呼，世事多变，人生易老，真叫作没有法子！

到了济南以后，过了一段难过的日子；一个六七岁的孩子离开母亲，他心里会是什么滋味，非有亲身经历者，实难体会。我曾有几次从梦里哭着醒来，尽管此时不但能吃上白面馒头，而且还能吃上肉；但是我宁愿再啃红高粱饼子吃苦咸菜。这种愿望当然只是一个幻想。我毫无办法，久而久之，也就习以为常了。

叔父望子成龙，对我的教育十分关心。先安排我在一个私塾里学习。老师是一个白胡子老头，面色严峻，令人见而生畏。每天入学，先向孔子牌位行礼，然后才是"赵钱孙李"。大约就在同时，叔父又把我送到一师附小去念书，这个地方在旧城墙里面，街名叫升官街，看上去很堂皇，实际上"官"者"棺"也，整条街都是做棺材的。此时五四运动大概已经起来了。校长是一师校长兼任，他是山东得风气之先的人物，在一个小学生眼里，他是一个大人物，轻易见不到面。想不到在十几年以后，我大学毕业到济南高中去教书的时候，我们俩竟成了同事，他是历史教员。我执弟子礼甚恭，他则再三逊谢。我当时觉得，人生真是变幻莫测啊！

因为校长是维新人物,我们的国文教材就改用了白话。教科书里面有一段课文,叫作《阿拉伯的骆驼》。故事是大家熟知的,但当时对我却是陌生而又新鲜,我读起来感到非常有趣味,简直是爱不释手。然而这篇文章却惹了祸:有一天,叔父翻看我的课本,我只看到他蓦地勃然变色,"骆驼怎么能说人话呢?"他愤愤然了,"这个学校不能念下去了,要转学!"

于是我转了学。转学手续比现在要简单得多,只经过一次口试就行了。而且口试也非常简单,只出了几个字叫我们认,我记得字中间有一个"骡"字。我认出来了,于是定为高一。另一个比我大两岁的亲戚没有认出来,于是定为初三。为了一个字,我沾了一年的便宜,这也算是逸事吧!

这个学校靠近南圩子墙,校园很空阔,树木很多。花草茂密,景色算是秀丽的。在用木架子支撑起来的一座柴门上面,悬着一块木匾,上面刻着四个大字:"循规蹈矩"。我当时并不懂这四个字的含义,只觉得笔画多得好玩而已。我就天天从这个木匾下出出进进,上学,游戏。当时立匾者的用心到了后来我才了解他的意思,觉得他是非我族类。

我虽然对正课不感兴趣,但是也有我非常感兴趣的东西,那就是看小说。我叔父是古板人,把小说叫作"闲书",闲书是不许我看的。在家里的时候,我书桌下面有一个盛白面的大缸,上面盖着一个用高粱秆编成的"盖垫"(济南话)。我坐在桌旁,桌上摆着《四书》,我看的却是《彭公案》《济公传》《西游记》《三国演义》等旧小说。《红楼梦》大概太深,我看不懂其中的奥妙,黛玉整天哭哭啼啼,为我所不喜,因此看不下去。其余的书都是看得津津有味。冷不防叔父走了进来,我就连忙掀起盖垫,把闲书往里一丢,嘴巴里念起"子曰""诗云"来。

到了学校里,用不着防备什么,一放学,就是我的天下。我往往躲到假山背后,或者一个盖房子的工地上,拿出闲书,狼吞虎咽似的大看起来。常常是忘记了时间,忘记了吃饭,有时候到了天黑,才摸回家去。我对小说中的绿林好汉非常熟悉,他们的姓名背得滚瓜烂熟,连他们用的兵器也如数家珍,比教科书熟悉多了。自己当然也希望成为那样的英雄。有一回,一个小朋友告诉我,把右手五个指头往大米缸里猛戳,一而再,再而三,一直到几百次,上千次。练上一段时间以后,再换上砂粒,用手猛戳,最终可以练成铁砂掌,五指一戳,能够戳断树木。我颇想有一个铁砂掌,信以为真,猛练起来,结果把指头戳破了,鲜血直流,知道自己与铁砂掌无缘,遂停止不练。

学习英文,也是从这个小学开始的:当时对我来说,外语是一种非常神奇的东西,我认为,方块字是天经地义,不用方块字,只弯弯曲曲像蚯蚓爬过的痕迹一样,居然能发出音来,还能有意思,简直是不可思议。越是神秘的东西,便越有吸引力。英文对于我就有极大的吸引力:我万没有想到望之如海市蜃楼般。

综观我的童年,从一片灰黄开始,到了正谊算是到达了一片浓绿的境界——我进步了。但这只是从表面上来看,从生活的内容上来看,依然是一片灰黄。即使到了济南,我的生活也难找出什么有声有色的东西。我从来没有什么玩具,自己把细铁条弄成一个圈,再弄个钩一推,就能跑起来,自己就非常高兴了。贫困、单调、死板、固执,是我当时生活的写照。接受外面信息,仅凭五官。什么电视机、收录机，连影都没有。我小时连电影也没有看过，其余概可想见了。

今天的儿童有福了。他们有多少花样翻新的玩具呀！他们有多少儿童乐园、儿童活动中心呀！他们饿了吃面包，渴了喝这可乐、那可乐，还有牛奶、冰激凌。电影看厌了，看电视。广播听厌了，听收录机。信息从天空、海外，越过高山大川，纷纷蜂拥而来：他们才真是"儿童不出门，便知天下事"。可是他们偏偏不知道旧社会，就拿我来说，如果不认真回忆，我对旧社会的情景也逐渐淡漠，有时竟淡如云烟了。

今天我把自己的童年尽可能真实地描绘出来，不管还多么不全面，不管怎样挂一漏万，也不管我的笔墨多么拙笨，就是上面写出来的那一些，我们今天的儿童读了，不是也可以从中得到一点启发、从中悟出一些有用的东西来吗？

一九八六年六月六日

# 我的家

我曾经有过一个温馨的家。那时候，老祖和德华都还活着，她们从济南迁来北京，我们住在一起。

老祖是我的婶母，全家都尊敬她，尊称之为老祖。她出身中医世家，人极聪明，很有心计。从小学会了一套治病的手段。有家传治白喉的秘方，治疗这种十分危险的病，十拿十稳，手到病除。因自幼丧母，没人替她操心，耽误了出嫁的黄金时刻，成了一位山东话称之为"老姑娘"的人。年近四十，才嫁给了我叔父，做续弦的妻子。她心灵中经受的痛苦之剧烈，概可想见。然而她是一个十分坚强的人，从来没有对人流露过，实际上，作为一个丧母的孤儿，又能对谁流露呢？

德华是我的老伴，是奉父母之命，通过媒妁之言同我结婚的。她只有小学水平，认了一些字，也早已还给老师了。她是一个真正善良的人，一生没有跟任何人闹过对立，发过脾气。她也是自幼丧母的，在她那堂姊妹兄弟众多的、生计十分困难的大家庭里，终日愁米愁面，当然也受过不少的苦，没有母亲这一把保护伞，有苦无处诉，她的青年时代是在愁苦中度过的。

至于我自己，我虽然不是自幼丧母，但是，六岁就离开母亲，没有母爱的滋味，我尝得透而又透。我大学还没有毕业，母亲就永远离开了我，这使我抱恨终天，成为我的"永久的悔"。我的脾气，不能说是暴躁，而是急躁。想到干什么，必须立即干成，否则就坐卧不安。我还不能说自己是个坏人，因为，除了为自己考虑外，我还能为别人考虑。我坚决反对曹操的"宁要我负天下人，不要天下人负我"。

就是这样三个人组成了一个家庭。

为什么说是一个温馨的家呢？首先是因为我们家六十年来没有吵过一次架，甚至没有红过一次脸。我想，这即使不能算是绝无仅有，也是极为难能可贵的。把这样一个家庭称之为温馨不正是恰如其分吗？其中也不是没有原因的。

我们全家都尊敬老祖，她是我们家的功臣。正当我们家经济濒于破产的时候，从天上掉下一个馅儿饼来：我获得一个到德国去留学的机会。我并没有什么凌云的壮志，只不过是想苦熬两年，镀上一层金，回国来好抢得一只好饭碗，如此而已。焉知两年一变而成了十一年。如果不是老祖苦苦挣扎，摆过小摊，卖过破烂，勉强让一老，我的叔父；二中，老祖和德华；二小，我的女儿和儿子，能够有一口饭吃，才得度过灾难。否则，我们家早已家破人亡了。这样一位大大的功臣，我们焉能不尊敬呢？

如果真有"毫不利己，专门利人"的人的话，那就是老祖和德华。她们忙忙叨叨买菜、做饭，等到饭一做好，她俩却坐在旁边看着我们狼吞虎咽，自己只吃残羹剩饭。这逼得我不由不从内心深处尊敬她们。

我们曾经雇过一个从安徽来的年轻女孩子当小时工，她姓杨，我们都管她叫小杨，是一个十分温顺、诚实、少言寡语的女孩子。每天在我们家干两小时的活，天天忙得没有空闲时间。我们家的两个女主人经常在午饭的时候送给小杨一个热馒头，夹上肉菜，让她吃了当午饭，立即到别的家去干活。有一次，小杨背上长了一个疮，老祖是医生，懂得其中的道理。据她说，疮长在背上，如凸了出来，这是良性的，无大妨碍。如果凹了进去，则是民间所谓的大背疮，古书上称之为疽，是能要人命的。当年范增"疽发背死"，就是这种疮。小杨患的也恰恰是这种疮。于是，小杨每天到我们家来，不是干活，而是治病，主治大夫就是老祖，德华成了助手。天天挤脓、上药，忙完整整两小时，小杨再到别的家去干活。最后，奇迹出现了，过了几个月，小杨的疽完全好了。老祖始终没有告诉她这种疮的危险性。小杨离开北京回到安徽老家以后，还经常给我们来信，可见我们家这两位女主人之恩，使她毕生难忘了。

我们的家庭成员，除了"万物之灵"的人以外，还有几个并非万物之灵的猫。我们养的第一只猫，名叫虎子，脾气真像是老虎，极为暴烈。但是，对我们三个人却十分温顺，晚上经常睡在我的被子上。晚上，我一上床躺下，虎子就和另外一只名叫咪咪的猫，连忙跳上床来，争夺我脚头上那一块地盘，沉沉地压在那里。如果我半夜里醒来，觉得脚头上轻轻的，我知道，两只猫都没有来，这时我往往难再入睡。在白天，我出去散步，两只猫就跟在我后面，我上山，它们也上山；我下来，它们也跟着下来。这成为燕园中一道著名的风景线，名传遐迩。

这难道不是一个温馨的家庭吗？

然而，光阴如电光石火，转瞬即逝。到了今天，人猫俱亡，我们的家庭只剩下了我一个人，形单影只，过了一段寂寞凄苦的生活。

然而，天无绝人之路。隔了不久，我的同事，我的朋友，我的学生，了解到我的情况之后，立刻伸出了爱援之手，使我又萌生了活下去的勇气。其中有一位天天到我家来"打工"，为我操吃操穿，读信念报，招待来宾，处理杂务，不是亲属，胜似亲属。让我深深感觉到，人间毕竟是温暖的，生活毕竟是"美丽的"（我讨厌这个词儿，姑一用之）。如果没有这些友爱和帮助，我恐怕早已登上了八宝山，与人世拜拜了。

那些非万物之灵的家庭成员如今数目也增多了。我现在有四只纯种的、从家乡带来的波斯猫，活泼、顽皮，经常挤入我的怀中，爬上我的脖子。其中一只，尊号毛毛四世的小猫，正在爬上我的脖子，被一位摄影家在不到半秒钟的时间内抢拍了一个镜头，赫然登在《人民日报》上，受到了许多人的赞扬，成为蜚声猫坛的一只世界名猫。

眼前，虽然我们家只剩下我一个孤家寡人，你难道能说这不是一个温馨的家吗？

二〇〇〇年十一月五日

## 夜来香开花的时候

夜来香开花的时候,我想到王妈。我不能忘记,在我刚走出童年的几年中,不知道有几个夏夜里,当闷热渐渐透出了凉意,我从飘忽的梦境里转来的时候,往往可以看到窗纸上微微有点白;再一沉心,立刻就有嗡嗡的纺车的声音,混着一阵阵的夜来香的幽香,流了进来。倘若走出去看的话,就可以看到,一盏油灯放在夜来香丛的下面,昏黄的灯光照澈了小院,把花的高大支离的影子投在墙上,王妈坐在灯旁纺着麻,她的黑而大的影子也被投在墙上,合了花的影子在晃动着。

　　她是老了。我不知道她是什么时候到我们家里来的。当我从故乡来到这个大都市的时候，我就看到她已经在我们家里来来往往地做着杂事。那时，她已经似乎很老了。对我，从那时到现在，是一个从莫名其妙的朦胧里渐渐走到光明的一段；最初，我看到一切事情都像隔了一层薄纱。虽然到现在这层薄纱也没能撤去，但渐渐地却看到了一点光亮，于是有许多事情就不能再使我糊涂。就在这从朦胧到光亮的一段里，我们搬过两次家。第一次搬到一条歪曲铺满了石头的街上，王妈也跟了来。房子有点旧，墙上满是雨水的渍痕，只有一个窗子的屋里白天也是暗沉沉的。我童年的大部分的时间就在这黑暗屋里消磨过去，院子里每一块土地都印着我的足迹。现在我还能清晰地记起来屋顶上在秋风里颤抖的小草，墙角檐下挂着的蛛网，但倘若笼统想起来的话，就只剩一团苍黑的印象了。

　　倘若我的记忆可靠的话，在我们搬到这苍黑的房子里第二年的夏天，小小的院子里就有了夜来香。当时颇有一些在一起玩的小孩，往往在闷热的黄昏时候聚在一块，仰卧在席上数着天空里飞来飞去的蝙蝠。但是最引我们注意的却是夜来香的黄花。最初只是一个长长的花苞，我们目不转睛地注视着它。还不开，还不开，蓦地一眨眼，再看时，长长的花苞已经开放成伞似的黄花了。在当时的心里，觉得这样开的花是一个奇迹，这花又毫不吝惜地放着香气。王妈也很高兴，每天她总把所有开过的花都数一遍。当她数着的时候，随时有新的花在一闪一闪地开放着。她眼花缭乱，数也数不清。我们看了她慌张而又用心的神情，不禁哄笑起来。就这样每一个黄昏都在奇迹和幽香里度过去，每一个夜跟着每一个黄昏走了来。在清凉的中夜里，当我从飘忽的梦境里转来的时候，就可以看到王妈的投在墙上的黑而大的影子在合着夜来香的影子晃动了。

就在这样一个环境里，我第一次觉得我的眼前渐渐地亮起来。以前我看王妈只像一个弹子，现在我才发现她也同我一样的是一个活动的人。但是我仍然不明了她的身世。在小小的心灵里，我并想不到她这样大的年纪出来佣工有什么苦衷；我只觉得她同我们住在一块，就是我们家里的一个人，她也应该同我们一样地快活。童稚的心岂能知道世界上还有不快活的事情吗？

在初秋的暴雨里，我看到她提着篮子出去买菜；在严冬大雪的早晨，我看到她点着灯起来生炉子。冷风把她手吹得胡萝卜似的开了裂，露出鲜红的肉来。我永远忘不掉这两只有着鲜红裂口的手！她有自己的感情，自己的脾气，这些都充分表示出一个北方农民的固执与倔强。但我在黄昏的灯下却常听到她不时吐出的叹息了。我从小就是孤独的，在我小小的心里，一向感觉到缺少点什么。我虽然从没叹息过，但叹息却堆在我的心里。现在听了她的叹息，我的心仿佛得到被解脱的痛快。我愿意听这样的低咽的叹息从这垂老的人的嘴里流出来。在她，不知是为什么，闲下来的时候，也总爱找着我说话。她告诉我，她的丈夫是她村里唯一的秀才，但没能捞上一个举人就死去了。她自己被家里的妯娌们排挤，不得已才出来佣工。有一个儿子，因为乡里没有饭吃，到关外做买卖去了。留下一个媳妇在这大城里，似乎也不大正经。她又告诉我，她年轻的时候，怎样刚强，怎样有本领，和许多别的美德；但谁又知道，在垂老的暮年又被迫着走出来谋生，只落得几声叹息呢？

以后，这叹息就时时可以听到。她特别注意到我衣服寒暖。在冬天里，她替我暖；在夏夜里，她替我用大芭蕉扇赶蚊子。她仍然照常地提着篮子出去买菜，冬天早晨用开了鲜红裂口的手生炉子。当夜来香开花的时候，又可以看到她郑重其事地数着花朵。但在不寐的中夜里，晚秋的黄昏里，却连续听到她的叹息，这叹息在沉寂里回荡着，更显得凄冷了。她仿佛时常有话要说。被追问的时候，却什么也不说，脸上只浮起一片惨笑。有时候有意与无意之间，又说到她年轻时候的倔强，她的秀才丈夫，往往归结说到她在关外做买卖的儿子。我们都可以看出来，这老人怎样把暮年的希望和幻想放在她儿子身上。我也曾替她写过几封信给她的儿子，但终于也没能得到答复，这老人心里的悲哀恐怕只有她一个人知道了。

不记得是哪一年，在夏天，又是夜来香开花的时候。她儿子来了信。信里说的，却并不像她想的那样满意，只告诉她，他在关外勤苦几年挣的钱都给别人骗走了；他因为生气，现在正病着，结尾说："倘若母亲还要儿子的话，就请汇钱给我回家。"这样一封信给她怎样的影响，我们大概都可以想象得出。连着叹了几口气以后，她并没说什么话，但脸色却更阴沉了。这以后，没有叹气，我们只看到眼泪。

我前面不是说，我渐渐从朦胧里走向光明里去么？现在我眼前似乎更亮了。我看透了一些事情：我知道在每个人嘴角上常挂着的微笑后面有着怎样的冷酷；我看出大部分的人们都给同样黑暗的命运支配着。王妈就在这冷酷和黑暗的命运下呻吟着活下来。我看透了这老人的眼泪里有着无量的凄凉，我也了解了她的寂寞。

在这时候，我们又搬了一次家，只不过从这条铺满了石头的街的中间移到南头。王妈仍然跟了来。房子比以前好一点，再看不到四壁的雨痕和蜘蛛。每座屋子也都有了两个以上的窗子，而且窗子上还有玻璃。尤其使我满意的是西屋前面两棵高过房檐的海棠。时候大概是春天，因为才搬进来的时候，树上还开满着一团团的花。就在这一年的夏天，大概因为院子大了一点吧，满院里，除了一个大水缸养着子午莲和几十棵凤仙花和其他杂花以外，便只看到一丛丛的夜来香。我现在已经不是孩子，有许多地方要摆出安详的样子来；但在夏天的黄昏时候，却仍然做着孩子时候做的事情。我坐在院子里数着天上飞来飞去的蝙蝠，看着夜色慢慢织入夜来香丛里，一片朦胧的薄暗。一眨眼，眼前已经是一片黄黄的伞似的花了，跟着又有幽香流过来。夜里同蚊子打过了仗，好容易睡过去。各样的梦做过了以后，从飘忽的梦境里转来的时候，往往可以看到窗上有点白，听到嗡嗡的纺车的声音。走出去，就又可以看到王妈的黑大的投在墙上的影子在合着夜来香的影子晃动了。

　　王妈更老了，但我仍然只看到她的眼泪。在她高兴的时候，她又谈到她的秀才丈夫，她的不大正经的儿媳妇，和她病倒在关外的儿子。她仍然提着篮子出去买菜，冬天老早起来生炉子，从她走路的样子上看来，她真有点老了；虽然她自己在别人说她老的时候还在竭力否认着。她有颗简单纯朴的心，因了年纪更大的关系，这颗心似乎就更纯朴简单。往往因为少得了一点所应得的东西，我们就可以看到她的干瘪了的嘴并拢在一起，腮鼓着，似乎要有什么话从里面流了出来。然而在这样的情形下往往是没有什么流出的。倘若有人意外地给了她点什么，我们也可以意外地看到这老人从心里流出来的快意的笑了。她不会做荒唐的梦，极小的得失可以支配她的感情。她有一颗简单的心。

日子一天一天地过去，这寂寞的老人就在这寂寞里活下去。上天给了她一个爽直的性情，使她不会向别人买好，不会在应当转圈的时候转圈。因为这，在许多极琐碎的事情上，她给了别人一点小小的不痛快，她自己却得到一个更大的不痛快。这时候，我们就见到她在把干瘪了的嘴并拢以后，又在暗暗地流着眼泪了。我们都知道，这眼泪并不像以前想到她儿子时的那眼泪那样有意义。这样的眼泪流多了，顶多不过表示她在应当流的泪以外，还有多余的泪，给自己一点轻松。泪流过了不久，就可以看到她高兴地在屋里来来往往地做着杂事了。她有一颗同孩子一样的简单的心。

在没搬家过来以前，我已经到一个在城外的四面满是湖田和荷池的学校里去读书。就住在那里，只在星期日回家一次。在学校里死沉的空气里住过六天以后，到家里觉得仿佛到了另一个世界。进门先看到王妈的欢乐的微笑，等到踏着暮色走回去的时候，心里竟觉得意外地轻松。这样的情形似乎也延长不算很短的一个期间。虽然我自己的心情随时都有着变化，生活却显得惊人地单调。回看花开花落，听老先生沙着声念古文，拼命地在饭堂里抢馒首，感情冲动的时候，也热烈地同别人打架，时间也就慢慢地过去。

又忘记了是多少时候以后，是星期日，当时我从学校里走回家去的时候，我看到一个黄瘦个儿很高的中年男子在替我们搬移着桌子之类的东西。旁人告诉我，这就是王妈的儿子。几个月以前她把储蓄了几年的钱都汇给他。现在他居然从关外回到家来了。但带回来的除了一床破棉被以外，就剩了一个有着几乎各类的一个他那样用自己的力量来换面包的中年人所能有的病的身子，和一双连霹雳都听不到的耳朵。但终于是个活人，是她的儿子，而且又终于回到家里来了。

王妈高兴。在垂暮的老年，自己的独子从迢迢的塞外回到她跟前来，这样奇迹似的遭遇怎能不使她高兴呢？说到儿子的身体和病，她也会叹几口气，但儿子终于是儿子，这叹息是掩不过她的高兴的。不久，她那不大正经的媳妇也不知从哪里名正言顺地找了来，于是一个小家庭就组成了。儿子显然不能再干什么重劳力的活了，但是想吃饭除了劳力之外又似乎没有第二条路可走。在我第二星期回到家里来的时候，就看到她那说话也需要打手势的儿子在咳嗽着一出一进地挑着满桶的水卖钱了。

这以后，对王妈，对我们家里的人，有一个惊人的大转变。从她那里，我们再听不到叹息，看不到眼泪，看到的只有微笑。有时儿子买一个甜瓜或柿子，甚至几个小小的梨，拿来送给母亲吃。儿子笑，不说话；母亲也笑，更不说话。我们都可以看出来，这笑怎样润湿了这老人的心。每逢过节或特别日子的时候，儿子把母亲接回家去。当吃完儿子特别预备的东西走回来的时候，这老人脸上闪着红光。提着篮子买菜也更带劲，冬天早晨也更起得早，生命对她似乎是一杯香醪。她高兴地活下去，没有了寂寞，也没有了凄凉，即便再说到她丈夫的时候，也只有含着笑骂一声："早死的死鬼！"接着就兴高采烈地夸起自己年轻时的美德来了，我们都很高兴，我们眼看着这老人用手捉住自己的希望和幻想。辛勤了几十年，现存这希望才在她心里开成了花。

日子又平静地过下去，微笑似乎从没离开过她。这老人正做着一个天真的梦。就这样差不多过了一年的时间。中间我还在家里住了一个暑假，每天黄昏时候，躺在院子里的竹床上，数着天上的蝙蝠。夜来香每天照例一闪便开了。我们欣赏着花的香，王妈更起劲地像煞有介事似的数着每天开过的花。但在暑假过了以后，当我再每星期日从学校里走回家来的时候，我看到空气似乎有点不同，从王妈那里我又常听到叹息了。她又找着我说话，她告诉我，儿子常生病，又聋。虽然每天拼命挑水，在有点近于接受别人恩惠的情形下接了别人的钱，却连肚皮也填不饱，这使他只有更拼命；然而结果，在已经有了的病以外，又添了其他可能的新病。儿媳妇也学上了许多新的譬如喝酒抽烟之类的毛病。她丈夫自然不能满足她；凭了自己的机警，公然在她丈夫面前同别人调情，而且又进一步姘居起来了。这老人早起晚睡侍候别人颜色挣来的钱，以前是被严谨地锁在一个箱子里的，现在也慢慢地流出来，换成面包，填充她儿子的肚皮了。她为儿子的病焦灼，又生媳妇的气；却没办法。这有一颗简单的心的老人只好叹息了。

儿子病的次数加多起来，而且也厉害起来。在很短的期间，这叹息就又转成眼泪了。以前是因为有幻想和希望而不能捉到才流泪，现在眼看着幻想和希望要在自己手里破碎，这当然更沉痛了。我虽然不常在家里，但常听人们说到，每次她从儿子那里回来的时候，总带回来惊人多的叹息和眼泪。问起来，她就说到儿子怎样病，几天不能挑水，柴米没有，媳妇也不知道跑到什么地方去了。于是在静寂的中夜里，就常听到她低咽的暗泣。她现在再也没有心绪谈到她的秀才丈夫，夸耀自己年轻时的美德，处处都表示出衰老的样子。流泪成了日常的工作，泪也终于流不完。并没延长了多久，她有了病，眼也给一层白膜障上了。她说，她不想死。真的，随处都表示出，她并不想死。她请医生，供神水，喝符，用大葱叶包起七个活着的蜘蛛生生吞下去，以及一切的偏方正方。为了自己的身子，她几乎忘掉了一切。大约有几个月以后吧，身子好了，却只剩下了一只眼。

她更显得衰老了。腰佝偻着，剩下的一只眼似乎也没有什么大用。走路的时候，只是用手摸索着走上去。每次我看她拿重一点的东西而曲着背用力的时候，看到她从儿子那里回来含着泪慢慢踱进自己的幽暗的小屋里去的时候，我真想哭。虽然失掉一只眼睛，但并没有失掉了固有的性情，她仍然倔强，仍然不会买好，不会在应当转圈的时候转圈；也就仍然常常碰到点小不痛快，流两次无所谓的眼泪。她同以前一样，有着一颗简单又纯朴的心。

四年前，为了一个近于荒诞的理想，我从故乡来到这辽远的故都里。我看到的自然是另一个新的世界，但这世界却不能吸引着我；我时常想到王妈，想到她数夜来香的神情，想到她胡萝卜似的开了鲜红裂口的手。第一年寒假回家的时候，迎着我的是她的欢迎的微笑。只有我了解她这笑是怎样勉强做出来的。前年的冬天，我又回家去。照例一阵微微地晕眩以后，我发现家里少了一个人，以前笑着欢迎我的王妈到哪里去了呢？问起来，才知道这老人已经回老家去了。在短短的半年里，她又遭遇到许多不如意的事情。因为看到放在儿子身上的希望和幻想渐渐渺茫起来，又因为自己委实的有点老了，于是就用勉强存起来的一点钱在老家托人买了一口棺材。这老人已经看透了自己一生决定了不过是这么回事；趁着没死的时候，预备点东西，过一个痛快的死后的生活吧。但这口棺材却毫无理由地被她一个先死去的亲戚占去了。从年轻时候守节受苦，到垂老的暮年出来佣工。辛苦了一生，老把自己的希望和幻想拴在儿子身上，结果是幻灭；好容易自己又制了一个死后的美丽的梦，现在又给打碎了。她不懂怎样去诉苦，也没人可诉。这颗经了七十年痛创的简单又纯朴的心能容得下这些迫损吗？她终于病倒了。

　　正要带着儿子和媳妇回老家去养病的时候，儿子竟然经不起病的摧折死去了。我不忍去想象，悲哀怎样啮着这老人的心。她终于回了老家，我们家里派了一个人去送她。临走的时候，她还带着恳乞的神气说："只要病好了，我还回来。"生命的火还在她心里燃烧着，她不想死的。在严冬的大风雪里，在灰暗的长天下，坐在一辆独轮小车上，一个垂老的人，带了自己独子的棺材，带了一个艰苦地追求了一辈子而终于得到的大空虚，带了一颗碎了的心，回到自己的故乡里去，把一切希望和幻想都抛在后面，人们大概总能想象到这老人的心情吧！我知道会有种种的幻影在她眼前浮掠，她会想到过去自己离开家时的情景，然而现在眼前明显摆着的却是一个不可避免的黑洞，一切就都归到这洞里去。车走上一个小木桥的时候，忽然翻下河去，这老人也被倾到水里。被人捞上来的时候，浑身都结了冰。她自己哭了，别人也都哭起来。人生到这样一个地步，还有什么话可说呢？这纯朴的老人也不能不咒骂自己的命运了。

　　我不忍去想象，她怎样在那穷僻的小村里活着的情形。听人说，剩下的一只眼睛也哭得失了明。自己的房子已经卖给别人，只好借住在亲戚家里。一闭眼，我就仿佛能看到她怎样躺在床上呻吟，但没有人去理会她；她怎样起来沿着墙摸索着走，她怎样呼喊着老天。她的胡萝卜似的开了裂流着红血的手在我眼前颤动……以前存的钱一个也没能剩下，她一定会回忆到自己困顿的一生，受尽人们的唾弃，老年也还免不了早起晚睡侍候别人的颜色；到死却连自己一点无论怎样不能成为希望和幻想的希望和幻想都一个不剩地破碎了去。过去的黑影沉重地压在她心头。人到欲哭无泪的地步，还有什么话可说呢？我听不到她的消息，我只有单纯地有点近于痴妄地希望着，她能好起来，再回到我们家里去。

但这岂是可能的呢？第二年暑假我回家的时候，就听人说，王妈死了。我哭都没哭，我的眼泪都堆在心里，永远地。现在我的眼前更亮，我认识了怎样叫人生，怎样叫命运。——小小的院子里仍然挤满了夜来香。黄昏里我仍然坐在院子里的竹床上，悲哀沉重地压住了我的心。我没有心绪再数蝙蝠了。在沉寂里，夜来香自己一闪一闪地开放着，却没有人再去数它们。半夜里，当我再从飘忽的梦境里转来的时候，看不到窗上的微微的白光，也再听不到嗡嗡的纺车的声音，自然更看不到照在四面墙上的黑而大的影子在合着历乱的枝影晃动。一切都死样的沉寂。我的心寂寞得像古潭。第二天早晨起来的时候，整夜散放着幽香的夜来香的伞似的黄花枝枝都枯萎了。没了王妈，夜来香哪能不感到寂寞呢？

## 赋得永久的悔

题目是韩小蕙小姐出的,所以名之曰"赋得"。但文章是我心甘情愿作的,所以不是八股。

我为什么心甘情愿作这样一篇文章呢?一言以蔽之,题目出得好,不但实获我心,而且先获我心:我早就想写这样一篇东西了。

我已经到了望九之年。在过去的七八十年中,从乡下到城里;从国内到国外;从小学、中学、大学到洋研究院;从"志于学"到超过"从心所欲不逾矩",曲曲折折,坎坎坷坷。既走过阳关大道，也走过独木小桥；既经过"山重水复疑无路"，又看到"柳暗花明又一村"。喜悦与忧伤并驾，失望与希望齐飞，我的经历可谓多矣。要讲后悔之事，那是俯拾皆是。要选其中最深切、最真实、最难忘的悔，也就是永久的悔，那也是唾手可得，因为它片刻也没有离开过我的心。

我这永久的悔就是：不该离开故乡，离开母亲。

我出生在鲁西北一个极端贫困的村庄里。我们家是贫中之贫，真可以说是贫无立锥之地。"十年浩劫"中，我自己跳出来反对北大那一位倒行逆施但又炙手可热的"老佛爷"，被她视为眼中钉，必欲除之而后快。她手下的小喽啰们曾两次蹿到我的故乡，处心积虑把我"打"成地主，他们那种狗仗人势穷凶极恶的教师爷架子，并没有能吓倒我的乡亲。我小时候的一位伙伴指着他们的鼻子，大声说："如果让整个官庄来诉苦的话，季羡林家是第一家！"

这一句话并没有夸大，他说的是实情。我祖父母早亡，留下了我父亲等三个兄弟，孤苦伶仃，无依无靠。最小的十一叔送了人。我父亲和九叔饿得没有办法，只好到别人家的枣林里去捡落到地上的干枣充饥。这当然不是长久之计。最后兄弟俩被逼背井离乡，盲流到济南去谋生。此时他俩也不过十几二十岁。在举目无亲的大城市里，必然是经过千辛万苦，九叔在济南落住了脚。于是我父亲就回到了故乡，说是农民，但又无田可耕。又必然是经过千辛万苦，九叔从济南有时寄点儿钱回家，父亲赖以生活。不知怎么一来，竟然寻(读 xin)上了媳妇，她就是我的母亲。母亲的娘家姓赵，门当户对，她家穷得同我们家差不多，否则也决不会结亲。她家里饭都吃不上，哪里有钱、有闲上学。所以我母亲一个字也不识，活了一辈子，连个名字都没有。她家是在另一个庄上，离我们庄五里路。这个五里路就是我母亲毕生所走的最长的距离。

北京大学那一位"老佛爷"要"打"成"地主"的人，也就是我，就出生在这样一个家庭里，就有这样一位母亲。

后来我听说，我们家确实也"阔"过一阵。大概在清末民初，九叔在东三省用口袋里剩下的最后五角钱，买了十分之一的湖北水灾奖券，中了奖。兄弟俩商量，要"富贵而归故乡"，回家扬一下眉，吐一下气。于是把钱运回家，九叔仍然留在城里，乡里的事由父亲一手张罗，他用荒唐离奇的价钱，买了砖瓦，盖了房子。又用荒唐离奇的价钱，置了一块带一口水井的田地。一时兴会淋漓，真正扬眉吐气了。可惜好景不长，我父亲又用荒唐离奇的方式，仿佛宋江一样，豁达大度，招待四方朋友。一转瞬间，盖成的瓦房又拆了卖砖，卖瓦。有水井的田地也改变了主人。全家又回归到原来的情况。我就是在这个时候，在这样的情况下降生到人间来的。

母亲当然亲身经历了这个巨大的变化。可惜，当我同母亲住在一起的时候，我只有几岁，告诉我，我也不懂。所以，我们家这一次陡然上升，又陡然下降，只像是昙花一现，我到现在也不完全明白。这个谜恐怕要成为永恒的谜了。

不管怎样，我们家又恢复到从前那种穷困的情况。后来听人说，我们家那时只有半亩多地。这半亩多地是怎么来的，我也不清楚。一家三口人就靠这半亩多地生活。城里的九叔当然还会给点儿接济，然而像中湖北水灾奖那样的事儿，一辈子有一次也不算少了。九叔没有多少钱接济他的哥哥了。

家里日子是怎样过的，我年龄太小，说不清楚。反正吃得极坏，这个我是懂得的。按照当时的标准，吃"白的"(指麦子面)最高，其次是吃小米面或棒子面饼子，最次是吃红高粱饼子，颜色是红的，像猪肝一样。"白的"与我们家无缘。"黄的"(小米面或棒子面饼子颜色都是黄的)与我们缘分也不大。终日为伍者只有"红的"。这"红的"又苦又涩，真是难以下咽。但不吃又害饿，我真有点儿谈"红"色变了。

但是，小孩子也有小孩子的办法。我祖父的堂兄是一个举人，他的夫人我喊她奶奶。他们这一支是有钱有地的。虽然举人死了，但家境依然很好。我这一位大奶奶仍然健在。她的亲孙子早亡，所以把全部的钟爱都倾注到我身上来。她是整个官庄能够吃"白的"的仅有的几个人中之一。她不但自己吃，而且每天都给我留出半个或者四分之一个白面馍馍来。我每天早晨一睁眼，立即跳下炕来向村里跑，我们家住在村外。我跑到大奶奶跟前，清脆甜美地喊上一声："奶奶！"她立即笑得合不上嘴，把手缩回到肥大的袖子，从口袋里掏出一小块馍馍，递给我，这是我一天最幸福的时刻。

此外，我也偶尔能够吃一点儿"白的"，这是我自己用劳动换来的。一到夏天麦收季节，我们家根本没有什么麦子可收。对门住的宁家大婶子和大姑——她们家也穷得够呛——就带我到本村或外村富人的地里去"拾麦子"。所谓"拾麦子"就是别家的长工割过麦子，总还会剩下那么一点点麦穗，这些都是不值得一捡的，我们这些穷人就来"拾"。因为剩下的决不会多，我们拾上半天，也不过拾半篮子，然而对我们来说，这已经是如获至宝了。一定是大婶和大姑对我特别照顾，以一个四五岁、五六岁的孩子，拾上一个夏天，也能拾上十斤八斤麦粒。这些都是母亲亲手搓出来的。为了对我加以奖励，麦季过后，母亲便把麦子磨成面，蒸成馍馍，或贴成白面饼子，让我解馋。我于是就大快朵颐了。

记得有一年，我拾麦子的成绩也许是有点儿"超常"。到了中秋节——农民嘴里叫"八月十五"——母亲不知从哪里弄了点儿月饼，给我掰了一块，我就蹲在一块石头旁边，大吃起来。在当时，对我来说，月饼可真是神奇的东西，龙肝凤髓也难以比得上的，我难得吃一次。我当时并没有注意，母亲是否也在吃。现在回想起来，她根本一口也没有吃。不但是月饼，连其他"白的"，母亲从来都没有尝过，都留给我吃了。她大概是毕生就与红色的高粱饼子为伍。到了歉年，连这个也吃不上，那就只有吃野菜了。

至于肉类，吃的回忆似乎是一片空白。我老娘家隔壁是一家卖煮牛肉的作坊。给农民劳苦耕耘了一辈子的老黄牛，到了老年，耕不动了，几个农民便以极其低的价钱买来，用极其野蛮的办法杀死，把肉煮烂，然后卖掉。老牛肉难煮，实在没有办法，农民就在肉锅里小便一通，这样肉就好烂了。农民心肠好，有了这种情况，就昭告四邻："今天的肉你们别买！"老娘家穷，虽然极其疼爱我这个外孙，也只能用土罐子，花几个制钱，装一罐子牛肉汤，聊胜于无。记得有一次，罐子里多了一块牛肚子，这就成了我的专利。我舍不得一气吃掉，就用生了锈的小铁刀，一块一块地割着吃，慢慢地吃。这一块牛肚真可以同月饼媲美了。

"白的"月饼和牛肚难得，"黄的"怎样呢？"黄的"，也同样难得。但是，尽管我只有几岁，我却也想出了办法。到了春、夏、秋三个季节，庄外的草和庄稼都长起来了。我就到庄外去割草，或者到人家高粱地里去劈高粱叶。劈高粱叶，田主不但不禁止，而且还欢迎；因为叶子一劈，通风情况就能改进，高粱长得就能更好，粮食打得就能更多。草和高粱叶都是喂牛用的。我们家穷，从来没有养过牛。我二大爷家是有地的，经常养着两头大牛。我这草和高粱叶就是给它们准备的。每当我这个不到三块豆腐高的孩子背着一大捆草或高粱叶走进二大爷的大门，我心里有所恃而不恐，把草放在牛圈里，赖着不走，总能蹭上一顿"黄的"吃，不会被二大娘"卷"（我们那里的土话，意思是"骂"）出来。到了过年的时候，自己心里觉得，在过去的一年里，自己喂牛立了功，又有了勇气到二大爷家里赖着吃黄面糕。黄面糕是用黄米面加上枣蒸成的。颜色虽黄，却位列"白的"之上，因为一年只在过年时吃一次，物以稀为贵，于是黄面糕就贵了起来。

我上面讲的全是吃的东西。为什么一讲到母亲就讲起吃的东西来了呢？原因并不复杂。第一，我作为一个孩子容易关心吃的东西。第二，所有我在上面提到的好吃的东西，几乎都与母亲无缘。除了"红的"以外，其余她都不沾边儿。我在她身边只待到六岁，以后两次奔丧回家，待的时间也很短。现在我回忆起来，连母亲的面影都是迷离模糊的，没有一个清晰的轮廓。特别有一点，让我难解而又易解：我无论如何也回忆不起母亲的笑容来，她好像是一辈子都没有笑过。家境贫困，儿子远离，她受尽了苦难，笑容从何而来呢？有一次我回家听对面的宁大婶子告诉我说："你娘经常说：'早知道送出去回不来，我无论如何也不会放他走的！'"简短的一句话里面含着多少辛酸，多少悲伤啊！母亲不知有多少日日夜夜，眼望远方，盼望自己的儿子回来啊！然而这个儿子却始终没有归去，一直到母亲离开这个世界。

对于这个情况，我最初懵懵懂懂，理解得并不深刻。到了上高中的时候，自己大了几岁，逐渐理解了。但是自己寄人篱下，经济不能独立，空有雄心壮志，怎奈无法实现，我暗暗地下定了决心，立下了誓愿：一旦大学毕业，自己找到工作，立即迎养母亲，然而没有等到我大学毕业，母亲就离开我走了，永远永远地走了。古人说："树欲静而风不止，子欲养而亲不待。"这话正应到我身上。我不忍想象母亲临终思念爱子的情况；一想到，我就会心肝俱裂，眼泪盈眶。当我从北平赶回济南，又从济南赶回清平奔丧的时候，看到了母亲的棺材，看到那简陋的屋子，我真想一头撞死在棺材上，随母亲于地下。我后悔，我真后悔，我千不该万不该离开了母亲。世界上无论什么名誉，什么地位，什么幸福，什么尊荣，都比不上待在母亲身边，即使她一个字也不识，即使整天吃"红的"。

这就是我的"永久的悔"。

一九九四年三月五日

怀念母亲

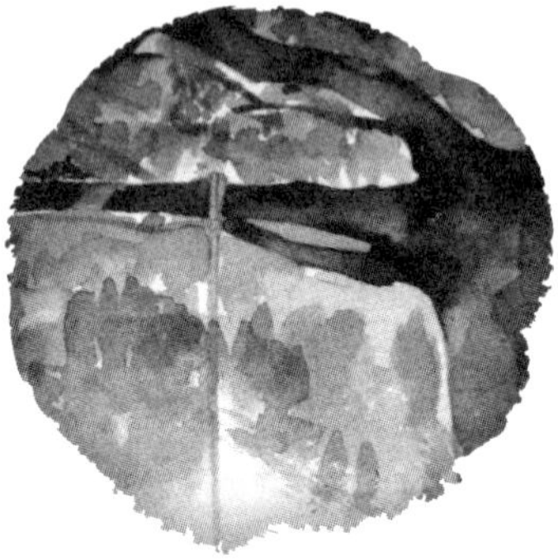

# 怀念母亲

我一生有两个母亲：一个是生我的那个母亲；一个是我的祖国母亲。

我对这两个母亲怀着同样崇高的敬意和同样真挚的爱慕。

我六岁离开我的生母，到城里去住。中间曾回故乡两次，偏是奔丧，只在母亲身边待了几天，仍然回到城里。最后一别八年，在我读大学二年级的时候，母亲弃养，只活了四十多岁。我痛哭了几年，食不下咽，寝不安席。我真想随母亲于地下。我的愿望没能实现，从此我就成了没有母亲的孤儿。一个缺少母爱的孩子，是灵魂不全的人。我怀着不全的灵魂，抱终天之恨。一想到母亲，就泪流不止，数十年如一日。如今到了德国，来到哥廷根这一座孤寂的小城，不知道是为什么，母亲频来入梦。

我的祖国母亲，我这是第一次离开她。离开的时间只有短短几个月，不知道是为什么，我这个母亲也频来入梦。

为了保存当时真实的感情，避免用今天的情感篡改当时的感情，我现在不加叙述，不作描绘，只从初到哥廷根的日记中摘抄几段：

1935年11月16日

不久外面就黑起来了。我觉得这黄昏的时候最有意思。我不开灯，只沉默地站在窗前，看暗夜渐渐织上天空，织上对面的屋顶。一切都沉在朦胧的薄暗中。我的心往往在沉静到不能再沉静的氛围里，活动起来。这活动是轻微的，我简直不知道有这样的活动。我想到故乡，故乡里的老朋友，心里有点酸酸的，有点凄凉。然而这凄凉却并不同普通的凄凉一样,是甜蜜的,浓浓的,有说不出的味道,浓浓地糊在心头。

11月18日

从好几天以前,房东太太就向我说,她的儿子今天回家来,从学校回家来,她高兴得不得了。……但儿子只是不来,她的神色有点沮丧。她又说,晚上还有一趟车,说不定他会来的。我看了她的神气,想到自己的在故乡地下卧着的母亲,我真想哭!我现在才知道,古今中外的母亲都是一样的!

11月20日

我现在还真是想家,想故国,想故国里的朋友。我有时简直想得不能忍耐。

11月28日

我仰在沙发上,听风声在窗外过路。风里夹着雨。天色阴得如黑夜。心里思潮起伏,又想起故国了。

12月6日

近几天来,心情安定多了。以前我真觉得两年太长;同时,在这里无论衣食住行哪一方面都感到不舒服,所以这两年简直似乎无论如何也忍受不下来了。

从初到哥廷根的日记里,我暂时引用这几段。实际上,类似的地方还有不少,从这几段中也可见一斑了。总之,我不想在国外待。一想到我的母亲和祖国母亲,就心潮腾涌,惶惶不可终日,留在国外的念头连影儿都没有。几个月以后,在1936年7月11日,我写了一篇散文,题目叫《寻梦》。开头一段是:

> 夜里梦到母亲,我哭着醒来。醒来再想捉住这梦的时候,梦却早不知道飞到什么地方去了。

下面描绘在梦里见到母亲的情景。最后一段是:

> 天哪!连一个清清楚楚的梦都不给我吗?我怅望灰天,在泪光里,幻出母亲的面影。

我在国内的时候,只怀念,也只有可能怀念一个母亲。

现在到国外来了，在我的怀念中就增添了一个祖国母亲。这种怀念，在初到哥廷根的时候，异常强烈。以后也没有断过。对这两位母亲的怀念，一直伴随着我度过了在德国的十年，在欧洲的十一年。

# 在德国
## ——自己的花是让别人看的

爱美大概也算是人的天性吧。宇宙间美的东西很多，花在其中占重要的地位。爱花的民族也很多，德国在其中占重要的地位。

四五十年以前我在德国留学的时候，我曾多次对德国人爱花之真切感到吃惊。家家户户都在养花。他们的花不像在中国那样，养在屋子里，他们是把花都栽种在临街窗户的外面。花朵都朝外开，在屋子里只能看到花的脊梁。

我曾问过我的女房东:"你这样养花是给别人看的吧!"她莞尔一笑说道:"正是这样!"

正是这样,也确实不错。走过任何一条街,抬头向上看,家家的窗子前都是花团锦簇,姹紫嫣红。许多窗子连接在一起,汇成了一个花的海洋,让我们看的人如入山阴道上,应接不暇。每一家都是这样,在屋子里的时候,自己的花

是让别人看的。走在街上的时候，自己又看别人的花，人人为我，我为人人。我觉得这一种境界是颇耐人寻味的。

今天我又到了德国,刚一下火车,迎接我们的主人问我："你离开德国这样久，有什么变化没有？"我说："变化是有的,但是美丽并没有改变。"我说"美丽"指的东西很多，其中也包含着美丽的花。我走在街上，抬头一看，又是家家户户的窗口上都堵满了鲜花。多么奇丽的景色！多么奇特的民族！我仿佛又回到四五十年前去，我做了一个花的梦，做了一个思乡的梦。

# 月是故乡明

每个人都有个故乡，人人的故乡都有个月亮，人人都爱自己故乡的月亮。事情大概就是这个样子。

但是，如果只有孤零零的一个月亮，未免显得有点孤单。因此，在中国古代诗文中，月亮总有什么东西当陪衬，最多的是山和水，什么"山高月小""三潭印月"等等，不可胜数。

我的故乡是在山东西北部大平原上。我小的时候，从来没有见过山，也不知山为何物。我曾幻想，山大概是一个圆而粗的柱子吧，顶天立地，好不威风。以后到了济南，才见到山，恍然大悟：山原来是这个样子呀。因此，我在故乡里望月，从来不同山联系。像苏东坡说的"月出于东山之上，徘徊于斗牛之间"，完全是我无法想象的。

至于水，我的故乡小村却大大地有。几个大苇坑占了小村面积一多半。在我这个小孩子眼中，虽不能像洞庭湖"八月湖水平"那样有气派，但也颇有一点烟波浩渺之势。到了夏天，黄昏以后，我在坑边的场院里躺在地上，数天上的星星。有时候在古柳下面点起篝火，然后上树一摇，成群的知了飞落下来。比白天用嚼烂的麦粒去粘要容易得多。我天天晚上乐此不疲，天天盼望黄昏早早来临。

到了更晚的时候，我走到坑边，抬头看到晴空一轮明月，清光四溢，与水里的那个月亮相映成趣。我当时虽然还不懂什么叫诗兴，但也顾而乐之，心中油然有什么东西在萌动。有时候在坑边玩很久，才回家睡觉。在梦中见到两个月亮叠在一起，清光更加晶莹澄澈。第二天一早起来，到坑边苇子丛里去捡鸭子下的蛋，白白地一闪光，手伸向水中，一摸就是一个蛋。此时更是乐不可支了。

我只在故乡待了六年，以后就离乡背井，漂泊天涯。

在济南住了十多年,在北京度过四年,又回到济南待了一年,然后在欧洲住了近十一年,重又回到北京,到现在已经四十多年了。在这期间,我曾到过世界上将近三十个国家。我看过许许多多的月亮。在风光旖旎的瑞士莱芒湖上,在平沙无垠的非洲大沙漠中,在碧波万顷的大海中,在巍峨雄奇的高山上,我都看到过月亮,这些月亮应该说都是美妙绝伦的,我都异常喜欢。但是,看到它们,我立刻就想到我故乡中那个苇坑上面和水中的那个小月亮。对比之下,无论如何我也感到,这些广阔世界的大月亮,万万比不上我那心爱的小月亮。不管我离开我的故乡多少万里,我的心立刻就飞回来了。我的小月亮,我永远忘不掉你!

我现在已经年近耄耋。住的朗润园是燕园胜地。夸大一点说,此地有茂林修竹,绿水环流,还有几座土山,点缀其间。风光无疑是绝妙的。前几年,我从庐山休养回来,一个同在庐山休养的老朋友来看我。他看到这样的风光,慨然说:"你住在这样的好地方,还到庐山去干吗呢!"可见朗润园给人印象之深。此地既然有山,有水,有树,有竹,有花,有鸟,每逢望夜,一轮当空,月光闪耀于碧波之上,上下空蒙，一碧数顷，而且荷香远溢，宿鸟幽鸣，真不能不说是赏月胜地。荷塘月色的奇景，就在我的窗外。不管是谁来到这里，难道还能不顾而乐之吗？

然而，每值这样的良辰美景，我想到的却仍然是故乡苇坑里的那个平凡的小月亮。见月思乡，已经成为我经常的经历。思乡之病，说不上是苦是乐，其中有追忆，有惆怅，有留恋，有惋惜。流光如逝，时不再来。在微苦中实有甜美在。

月是故乡明。我什么时候能够再看到我故乡里的月亮呀！我怅望南天，心飞向故里。

一九八九年十一月三日

图书在版编目（CIP）数据

我的童年 / 季羡林著；王白云导读. -- 武汉：长江文艺出版社, 2022.9（2024.12 重印）
（暖心美读书：名师导读彩插版）
ISBN 978-7-5702-2699-3

Ⅰ.①我… Ⅱ.①季…②王… Ⅲ.①散文集－中国－当代 Ⅳ.①I267

中国版本图书馆CIP数据核字(2022)第 069693 号

我的童年
WODE TONGNIAN

责任编辑：胡金媛　　　　　　责任校对：程华清
整体设计：一壹图书　　　　　责任印制：邱　莉　杨　帆

出版：长江出版传媒　长江文艺出版社
地址：武汉市雄楚大街 268 号　　邮编：430070
发行：长江文艺出版社
http://www.cjlap.com
印刷：武汉中科兴业印务有限公司

开本：720 毫米×980 毫米　　1/16　印张：11　插页：4 页
版次：2022 年 9 月第 1 版　　2024 年 12 月第 2 次印刷
字数：78 千字

定价：26.00 元

版权所有，盗版必究（举报电话：027—87679308　87679310）
（图书出现印装问题，本社负责调换）